D1713950

Aprender a volar

APRENDER A VOLAR

Alberto García-Salido

Papel certificado por el Forest Stewardship Council®

MIXTO
Papel procedente de
fuentes responsables
FSC
www.fsc.org FSC® C117695

Penguin
Random House
Grupo Editorial

Primera edición: marzo de 2022

© 2022, Alberto García-Salido
© 2022, Penguin Random House Grupo Editorial, S. A. U.
Travessera de Gràcia, 47-49. 08021 Barcelona

Printed in Spain – Impreso en España

ISBN: 978-84-666-7122-4
Depósito legal: B-831-2022

Compuesto en Llibresimes, S. L.

Impreso en Liberdúplex
Sant Llorenç d'Hortons (Barcelona)

BS 7 1 2 2 4

A Pilar

Hazlo o no lo hagas, pero no lo intentes.

YODA, *El imperio contraataca*

Tarifa
23 de agosto de 2019

Las manos en la arena.

Enterradas para dejarse llevar.

Y los ojos de Luis mirando al horizonte. Con el sol cayendo despacio hacia la línea recta que hace el mar con el cielo. En los oídos el baile de las olas y sobre la piel de la nuca una ligera brisa que le lleva olor a sal y trae la carcajada de varios desconocidos en la distancia.

Luis sonríe y encoge las piernas.

Le cuesta doblar la rodilla derecha y siente una pequeña presión en el pecho. Cada respiración haciendo baile con el agua que se hace espuma en la orilla. Quizá un diálogo entre algo que se acaba y algo que nunca termina.

Está tranquilo.

Como si el tiempo hubiera hecho un pacto. Ahora es elástico, cada segundo un minuto y cada minuto una hora. No hay prisa cuando el camino te pone tan claro el punto y final.

Estira las piernas, le cuesta otra vez la derecha, pero apenas percibe el dolor gracias a la dosis de fentanilo que aún siente bajo la lengua. Observa el sol y el color rojo, las nubes que ya son pocas. Y sonríe. Lo que le ha costado llegar hasta esa sonrisa. Mira por un momento a los desconocidos que le rodean, borrosos, y piensa en ellos y en la felicidad que es no darse cuenta.

Se deja caer lentamente y pasa de ver el horizonte a tener encima una cúpula inmensa. Descansa su cabeza sin pelo sobre la arena húmeda y permite que esta se entierre un poco en ella. Se sabe en tránsito. Sin ideas en la cabeza, con un ya está que le hace todo más sencillo.

A unos metros Diego le observa. Tiene las manos en los bolsillos y juguetea con las llaves del coche. Está nervioso, con miedo a no haber hecho lo que debía. Está tranquilo, porque sabe que todo lo hecho era necesario, aunque en origen no tuviera sentido. Perder y dejar atrás lo que no aporta es una forma de victoria. También sonríe, en sus ojos el sol es menos importante que ver a su amigo tumbado en la playa. Luis ha tirado en la arena parte de su ropa, como el que se deshace de una piel que no sirve. Alguna vez dijo que a donde iba le daba igual llegar en bañador.

Han sido días distintos y difíciles. Pero de la dificultad se aprende y de lo difícil se sale a veces listo para que nada lo sea ya. También ha aprendido a pensar menos y a hacer más. Dejando que lo que sabe tenga menos distancia con lo que ignora. Aprender como ejercicio basado en equivocarse con habilidad.

Entonces aparece ella.

Permanece inmóvil durante unos segundos. Observa a Diego, que baja ligeramente la cabeza, como pidiendo disculpas. Ella sonríe, y con esto ya son tres sonrisas delante de la arena. Pero en ese gesto está el amor más grande poniéndose de vestuario la tristeza. Se quita con cuidado los zapatos, los deja en el suelo y comienza a caminar hacia Luis. Se esmera en no hacer ruido y en no pisar ni tropezarse con ninguna de las prendas que descansan de cualquier manera.

Zapatillas.

Camiseta.

Pantalones.

Calcetines.

Navega aquellos metros lentamente. Si los pies pudieran saborear lo que pisan, ella estaría haciendo de la distancia hasta Luis el último plato. Sabe lo que llegará cuando lo encuentre y no quiere trampas que le permitan olvidar aquello. Le está pidiendo a la memoria que se haga dueña de todos los recuerdos, que no se escape ninguno.

Luis se incorpora, lentamente, y queda sentado. Ignora aún que no estará solo. Le cuesta ver el horizonte, tiene un ligero zumbido en los oídos. Escucha su corazón haciendo bailar los tímpanos. Y respira. Se lleva el aire al interior de los pulmones, percibe que lo que hace unos minutos era fácil, ahora es un ejercicio. Y el mar le devuelve las olas y la espuma y él intenta ponerse de pie, despacio, con Diego activándose ahí detrás por si necesitara algo. Luis consigue levantarse, siente que le duele desde lejos la rodilla derecha, y comienza a caminar sin apenas levantar los pies, escribiendo su marcha sobre la arena. Sus pasos dejan una cicatriz que durará muy poco. Cada vez más rojo el cielo y cada vez menos sol que llevarse a la retina.

Respira, da un pequeño paso y viene el mar. Respira y se va. Percibe que ya no puede caminar. Luis cierra los ojos. Oscila imperceptiblemente, como una hoja a punto de caer del árbol, y de algún modo siente que ya está listo.

Es entonces cuando algo toca sus dedos y envuelve una de sus manos.

Abre los ojos, ahí está ella.

Los dos se miran, hablando lágrimas, y Luis entiende que terminó el viaje.

Ya está en casa.

No necesita más.

Diego abre la puerta y entra en el despacho.

Se encuentra a Pedro trabajando. Lleva mucho tiempo allí. Siempre es el primero, el ejemplo en el que todos se miran para convertirse en el médico que aspiran a ser. Si hay espejos con fonendo, Pedro es en el que se quieren reflejar todos.

La planta está repleta de pacientes. En los últimos días han tenido varios nuevos diagnósticos. Vidas que han puesto en pausa el camino, deseando volver a donde estaban antes y dejar de lado cualquier bifurcación o carretera cortada. Diego se siente culpable por no haber sido capaz de llegar antes. Sabe que estar ahí temprano le ayuda a preparar mejor el pase de planta. Madrugar es una parte más de la medicina.

Diego se sienta delante de Pedro y le observa escribir en el ordenador. Curiosea en la pantalla para descubrir que ha comenzado con los tratamientos. Diego entiende el mensaje, no le ha esperado para hacer lo más interesante. Unir las dudas con la incertidumbre y pautar fármacos en miligramos. Pedro aparta la mirada del ordenador y observa en silencio a Diego. Le cae bien el nuevo residente. No es de los que presumen, porque presumir solo sirve para que se le caigan a uno los mitos. Mejor un joven como Diego, que dice no lo sé varias veces al día. Pedro sabe que será de los que aprendan y, sobre todo, de los que no olvidan.

Ambos se observan, los ojos del joven en los ojos del experto. Y sienten el calor que hace en el despacho y el chasquido del reloj de pared que les dice que deben seguir trabajando.

—Bueno, tenemos que ir a ver a varios pacientes —dice Pedro—. Prepárate porque va a ser una mañana de las de no poder parar.

—Como siempre —bromea Diego sin recibir respuesta alguna por parte de Pedro.

Se escucha el timbre que indica el arranque del sistema operativo y Diego se pone junto a Pedro. Teclean en paralelo los tratamientos, como dos pianos que suenan en quimioterápicos.

Diego lleva dos años trabajando en el hospital. Quería ser médico desde que su bisabuela le dijo que la gente tenía punto final. Desde ahí se destiló hasta llegar al primer día en el que se puso el fonendo. Chico trabajador de familia humilde que pone una pica en Flandes con su único hijo. Lo de ser oncólogo pediátrico le costó un poco más decidirlo, concretamente dudó hasta que escuchó a Pedro explicar una enfermedad tan grave como el cáncer a un niño. Aquella forma de hablar y el recuerdo de la enfermedad de su padre terminaron por dejarle sin dudas. Tenía un fantasma en la memoria y acabó por concluir que se dedicaría a impedir que también se hiciera un hueco en los recuerdos de otros. Lleva un par de semanas en el servicio, en el pasillo blanco donde se abren las puertas de los enfermos está su sitio. Cuando escucha a Pedro levantarse de la silla se pone la bata y recoge sus cosas para comenzar la visita.

Diego observa y repite mecánicamente los gestos de Pedro antes de abrir cada puerta. Llaman a la enfermera responsable para que los acompañe, revisan lo que ha pasado la noche anterior, comprueban las notas en un folio doblado y golpean con los nudillos antes de girar el picaporte.

—¿Se puede?

Al abrir se muestra otro mundo, que no es el suyo ni el nuestro, pero que está ahí y no nos damos cuenta. Habitado por una familia que tiembla. Niños en silencio, niñas que sonríen, niños que gritan o niñas que están durmiendo. A Diego le cuesta mirar a los ojos de los padres cuando la puerta se abre. Porque ahí quedan las preguntas y es donde da miedo entrar a veces cuando sabes lo que pasa y, sobre todo, lo que puede terminar ocurriendo. Ese saber no ocupa lugar, pero sí la conciencia.

En cuanto cruzan el umbral de la puerta, los padres narran lo ocurrido el día anterior, como si los médicos no hubieran leído nada, y Diego y Pedro primero escuchan y luego exploran a los niños. Apuntan los datos clínicos y a continuación explican qué van a hacer para terminar invitando a los padres a que hablen de nuevo.

—¿Tienen alguna consulta?

Pedro es capaz de responder sin dudar cada una de las cuestiones que le plantean. Como si fuera cuchillo caliente en mantequilla. Mira a los padres a los ojos, no parpadea y no miente. Explica lo que se espera de la medicina que van a emplear, no usa porcentajes y les habla usando el nombre de sus hijos. Y en la planta hay muchos hijos, pero de ese modo ancla la persona a lo que cuenta. Los padres confían.

Cuando la conversación termina, los dos médicos confirman las indicaciones con la enfermera y abandonan la habitación. Transitan el pasillo de una puerta a otra. Saltan de la alegría de unos padres por una respuesta llena de esperanza al miedo en otros por estar pendientes de una prueba. En el pasillo, a veces, Pedro dice en voz alta lo que piensa, pero en la mayoría de los casos van de un lado a otro en silencio. En ese pasillo está el mapa de lo que deben cuidar y Pedro es metódico hasta el infinito para que la ruta sea sencilla y adecuada.

—Diego, es fundamental que te acuerdes de la mayoría de los datos sin necesidad de consultarlos. Debes tener a los niños en la cabeza. No solo es lo justo —se detiene y le mira—. También es lo necesario, ten en cuenta que en cualquier momento te pueden llamar por una urgencia o por una duda y tú tienes que responderla. La confianza de la familia es un vaso que se llena con cada evento que surge. Cuando llegan aquí está vacía. Nosotros debemos cuidar a lo que más quieren. No lo olvides.

Pedro se gira y continúa la visita. No es mayor, apenas cincuenta años. Tiene los ojos rodeados por arrugas y un pelo canoso que sin duda es consecuencia de todo lo que ha vivido ahí entre esas paredes. Se hace respetar en su silencio.

Cuando terminan con los pacientes del primer pasillo abandonan la planta para subir las escaleras. Comienzan la visita de los adolescentes. Se hace la travesía en otra altura. Para Diego estos son los enfermos más complejos. Un niño pequeño observa, quizá no entienda lo que ocurre, pero los más mayores son escucha activa y dudas. Miran a los ojos de otra manera. Los mayores son capaces de preguntarse aquello que quizá sus padres no quieren preguntar.

Y en ocasiones lo plantean en voz alta generando turbulencias.

Suben repasando mentalmente los nombres. Las enfermeras les están esperando y comienzan de nuevo con la mecánica que les hace ir de una puerta a otra. Al otro lado nuevos mundos, universos enteros orbitando alrededor del enfermo en la cama. Al final del pasillo, cada vez que finalizan una consulta, pueden ver una gran ventana que deja ver la calle. Los dos médicos avanzan en su ir y venir hasta ella.

La mañana ha pasado rápido y sienten cansancio. Al salir del penúltimo paciente, Diego y Pedro se dedican unos segundos. Revisan sus anotaciones. Diego siente un vacío en el estómago, no ha desayunado con las prisas y su cuerpo pide azúcar. La enfermera del último paciente de la mañana se acerca despacio. Lleva una carpeta bajo el brazo y sonríe a ambos. Una vez están delante de la puerta, Pedro golpea tres veces antes de abrir. Sin duda es el paciente más complejo de todos los que han visto. La puerta se abre despacio. Cuando entran en la habitación descubren que se encuentra en penumbra. Dos camas en el cuarto. En la primera descansa una mujer de mediana edad. En la que está pegada a la ventana descansan un montón de revistas y el periódico deportivo del día. Se anuncia el fichaje de un nuevo jugador que viene a cambiar las cosas. Los tres se miran hasta que escuchan un ruido. Se abre una puerta en uno de los lados del cuarto. Del cuarto de baño surge un chaval alto de piel muy pálida que les observa sonrientes mientras se seca las manos con una toalla. Pedro y Diego le saludan. Es uno de los pacientes más veteranos, más de dos años en el servicio. Una vez secas las manos lanza la toalla al interior del cuarto de baño y cierra la puerta. Después se mueve despacio, cojeando, hasta la cama donde ha dejado sus revistas.

—¿Hoy nos vemos un poco más tarde? —dice el chaval.

La mujer se incorpora en la cama mientras el adolescente se tumba en la suya. Los médicos se acercan para explorarle. Diego aproxima el fonendo a la piel del enfermo y con un gesto de la mano le pide que respire.

—Ten cuidado no te muerda —comenta Pedro con ironía—. De todos los enfermos Luis es sin duda el más peculiar.

Madrid

25 de febrero de 2017

El día que te cambia la vida no eliges la ropa que vas a ponerte. De hecho, el día que te cambia la vida es igual que el resto de los días que has ido tachando en el calendario. Es posible que haya existido alguna señal antes, quizá una luz que se funde o las llaves donde no deben. Puede que incluso el aviso fuera ese anuncio de televisión para que no apagaras tan rápido, para que te quedaras un poco más. Quizá la señal era permanecer durmiendo porque aún tenías sueño.

El día que te cambia la vida es una fotocopia que sale mal, y después de ella no hay más que manchas negras. Folios antes en blanco que se van llenando de negro. Un ligero cambio que hace que la felicidad sea la rutina del no necesitar nada.

María tiene que ir a comprar. Es sábado, tan sábado como otros, tan repetición como respirar. Abre la puerta de casa y coge su bolso. Deja caer las llaves en el interior y el llavero se mezcla con un montón de papeles, tiquets de los que no se ha deshecho como si fueran migas que uno deja para volver sobre ellas. A veces nos calma ver lo que hicimos a través de recordar lo que compramos. El resto de muchas compras y el resguardo para ir a recoger un paquete a Correos.

María espera el ascensor un par de minutos. Cierra los ojos dentro mientras viaja en vertical. En la calle hace frío. Es una temperatura tolerable, es ese frío que el invierno regala como anticipo de días peores, pausas en grados Celsius. No sale a cuenta fiarse del invierno. María observa unos segundos el vaho que surge de su boca antes de caminar. Va ensimismada, con el andar automático del que tiene bajo los pies una ruta hecha de raíles invisibles. El barrio como laberinto conocido. Piensa en los coches, después en la fruta, después en la compra, después en su marido y finalmente en el libro que le ha regalado su hijo. No sé qué del miedo, un libro extraño que atrapa y aburre a la vez. Cuando se detiene en el semáforo regresa a su marido. Está con su hijo en uno de esos partidos que no valen para nada. Las victorias de fin de semana, oportunidad en el día a día que le permite hacer brechas a la semana. Su marido está fuera mucho tiempo, de ida y vuelta para no hacer más que ser alguien ausente. Como él suele decir, sus ausencias son ese dinero extra que en verano les permite pasar más tiempo juntos. Las vacaciones se riegan durante todo el año, una semilla que se paga en soledades. La de su hijo, que no ve al padre, la de ella, que no ve al marido. Los sábados y los domingos son el oasis que los lunes inundan cada semana.

Camina por la calle despacio. María observa a la gente. Permite a sus pies todos los automatismos de los que dispone el caminar. No tiene prisa por ir ni por volver. Salir de casa es un regalo cuando las horas son tan solo segundos uno detrás de otro.

No cruza la calle hasta que el semáforo cambia a verde. No entiende por qué a veces la gente se juega la vida cruzando en rojo. Como si lo que ganas comprando la probabilidad de no llegar a ningún sitio mereciera la pena. Alcanza el bulevar que termina cerca de la tienda donde siempre compra la carne. Avanza entre las terrazas hasta llegar a la puerta metálica tras la que esperan los tres hermanos detrás del mostrador. Tres hermanos unidos por un negocio y que llevan allí desde que María era pequeña. Saben perfectamente lo que le gusta y con apenas unos gestos indica qué es lo que quiere llevarse para casa. Tiene la nevera vacía y ha pensado varios platos para la semana que viene. Menú que va cambiando de forma sutil como el que juega a las siete diferencias. Cada día un poco distinto, a ver si alguien se da cuenta. Una travesía en la cocina que la lleva a la comida del sábado en el restaurante después del partido. El punto y aparte que da fin a una semana y hace bisagra con la siguiente. La meta y el premio para llegado el lunes volver a empezar. Porque en casa las semanas se ponen de gala en sábado, que ya demasiada gente se ha hecho dueña de los domingos. Es en el momento en que está señalando un pedazo de queso cuando suena el teléfono. Reconoce el tono de quien llama y se extraña. Busca en el bolso y siente entre sus dedos las llaves ya frías. Como si de esa forma le indicaran que por ahí no es. Toca el teléfono móvil, que vibra ligeramente, y lo extrae para poner su pantalla delante de los ojos. Comprueba que efectivamente está llamando él. Se acerca el aparato al oído después de deslizar en la pantalla el dedo índice con cuidado sobre el icono verde. Por un instante puede ver la sonrisa de su hijo hecha fondo de pantalla. Sonríe a los carniceros mientras asiente y comienza a escuchar. Después separa los párpados y deja caer su bolso, que se abre en el suelo y derrama su contenido. Se tapa la boca con la mano. Sus ojos se humedecen lentamente hasta que el extremo de uno de ellos deja escapar una lágrima. Se sienta en el suelo. Descubre que el día que te cambia la vida es muy probable que debas llorar.

Madrid

5 de agosto de 2019

—En realidad, no tienes ni idea de qué va esto —se incorpora en la cama—. Te sientas a mi lado y empiezas a contarme tus movidas acerca de lo que vas observando en la exploración. O del tratamiento. A ver, que yo te entiendo, que seguro que has estudiado un montón para llegar hasta donde estás. Pero está claro que quieres quedar bien con el viejo, con Pedro. Él lleva aquí muchos años, fue el primer médico que vino a verme cuando empezó todo. Después de tanto tiempo aquí podría decirte si me estáis diciendo la verdad o estáis buscando la manera de disimularla. Cuando mentís se os nota enseguida, conozco todas vuestras caras.

Diego se revuelve incómodo en la silla. Está sentado próximo a la cama e intenta seguir la conversación mientras escribe en el ordenador portátil que ha puesto encima de sus rodillas. Todavía le cuesta adaptarse, en los últimos meses se han comprado un montón de ordenadores para el hospital y ahora todo lo que hace tiene que quedar registrado en la historia electrónica. Se acabó la letra de médico. Ahora todos uniformados por una fuente determinada. Apenas unos centímetros detrás está la madre. Se mantiene callada mientras mira a su hijo, nerviosa. Cada visita es una apuesta por lo que puede ser. Ella espera siempre a que terminen de escribir para comenzar con las preguntas. La mente de una madre es un infinito lleno de interrogaciones. Diego intenta explicar cada hallazgo como el que camina por un suelo lleno de charcos. Los hay grandes y pequeños. Al fondo, siendo la presencia que todo lo impregna, siempre queda el océano del miedo en el que nadie quiere navegar. Diego sabe que a veces el silencio es también una respuesta. En ocasiones prefiere callarse antes de meter la pata con una palabra mal elegida. El lenguaje es un puñal en según qué circunstancias. Es difícil manejar un arma como las palabras cuando sabes que lo que dices es agitar algo que duele. Diego, María, la madre, y Luis son los ciudadanos de un mundo en miniatura. Universo de personas que se romperá en cuanto toque ver al siguiente enfermo.

La mañana ha sido difícil. Luis es el último de una serie de casos complejos y un par de malas noticias. Cada segundo hacia el final de la visita se hace elástico y frío. Quizá por eso Luis mira por la ventana mientras su madre termina de hacer sus preguntas. Diego observa de reojo y piensa en cómo es habitual ver a Luis refugiarse en lo que hay fuera mientras están con él los de la bata blanca. Como si al otro lado del cristal estuviera de verdad lo que sirve. También tiene sobre la cama, junto a las revistas, sus dos teléfonos móviles. Uno de ellos, el más nuevo, vibra constantemente. Para escapar usa la ventana y la pantalla del teléfono, que no para de parpadear. Al otro lado está la gente sana, los que no saben, aquellos que responden sin pararse a pensar en la falta de ortografía que es una enfermedad.

—Bueno —dice Diego—, creo que hemos terminado. Apenas hay cambios con respecto a la exploración de ayer y el tratamiento tampoco lo vamos a modificar. Como le he dicho a tu madre necesitas una transfusión de sangre y de plaquetas. Por cierto, que no te he preguntado antes, ¿cómo vas de dolor?

Preguntar sobre el dolor es complejo. Luis aparta la vista de la ventana. Sitúa su mano derecha sobre la rodilla derecha. ¿Qué es el dolor? Casi nada tan personal y solitario. Distinto para cada uno e incuantificable. El dolor es una condena invisible. Terminaciones nerviosas que transportan un castigo. Diseñadas para hacernos sentir y en cambio utilizadas para rompernos un poco. Como fibras que rozan unas con otras para hacer chirriar las neuronas. El dolor no se puede medir. Y Luis acaricia su rodilla despacio.

Diego observa el gesto y comprende que esa mano intenta borrar un recuerdo y una señal de alerta. El dolor como emisario de lo que no quieren que regrese. De ahí que ante la pregunta nazcan varios segundos en silencio. Luis busca una respuesta para el médico. Luis busca una respuesta para su madre. Porque sabe que ella tiene miedo a su dolor y tiene miedo a lo que ese dolor trae. Como si el dolor fuera una figura de negro que mira al suelo y avanza despacio hasta atraparte y no dejar que huyas. De ahí que María mantenga las manos juntas, detrás de Diego, mientras la distancia hasta su hijo se hace un hormigueo terrible en el estómago.

—De dolor no voy mal —miente sin disimulo Luis—, pero si me ponéis algo más fuerte tampoco me iba a quejar. Sobre todo para la noche, para que por lo menos pueda dormir.

—De acuerdo, hablaré con Pedro. Probablemente te subamos la morfina. En cualquier caso, sabes que puedes llamar a cualquier hora para los rescates. Ya sabes que estriñe un poco, si te molesta intentaremos tratarlo también.

—Si me quitáis el dolor firmo no ir al baño. Es un buen trato. Vosotros me ponéis cosas para curarme, esas cosas aliñan la enfermedad que ya tenía, me ponéis más cosas para curarme de esas cosas y yo por el camino voy encontrando formas de ir mejorando hasta que mejoro del todo.

Diego sonríe. No es buen negociador, y plantearse la medicación y su trabajo como un pacto constante le hace sentir incómodo. Ambos se observan, Luis con la sensación de que ya ha terminado la asistencia del día y Diego con ganas de irse de allí para pasar página. Necesita cerrar el portátil y regresar al pasillo. Escapar. Se pone de pie y sonríe a la madre. Después se gira y hace un gesto con la mano a Luis, como si ambos fueran militares de un ejército peculiar. Luis le responde y devuelve su mirada al cristal de la ventana.

Diego pasa junto a María y alcanza la puerta. Siente cierta presión en la espalda, esa certeza de saberse observado. Delante de él puede ver una fotografía pegada. Una imagen llena de sonrisas. Multitud de jóvenes que posan. Unos de pie, otros de rodillas en el suelo y la mayoría sentados. Entre esa pequeña multitud que se abraza reconoce varios rostros. Es el cartel con el anuncio de un nuevo viaje el próximo verano. Diego sonríe y abre la puerta para caer en el pasillo donde deja escapar un ligero resoplido. Delante de él se agitan las enfermeras yendo de un lado a otro. Al fondo una cama es empujada fuera de una habitación, quizá para hacerse una nueva prueba. Al otro lado de la puerta María se sienta en la silla que ha dejado libre el médico. Luis deja de mirar por la ventana y cruza sus pupilas con las de su madre. Los dos se observan y se entienden. No necesitan hablar, tan solo silencio y tenerse cerca. Después Luis se detiene en la fotografía de la puerta, sonríe, y toma el móvil para desbloquear la pantalla. Recuerda que aún tiene motivos, después comienza a teclear.

Madrid
25 de febrero de 2017

Se abre la puerta y ella llora.

Debe darse prisa, pero no quiere que el tiempo pase.

La realidad permite pausas, pero necesita que la realidad sea para otros.

Camina por el pasillo dejando caer el bolso, la compra también termina en el suelo. La carne aún no sabe que tendrá tiempo para pudrirse ahí tirada durante los próximos días.

El reloj del horno parpadea.

Ella alcanza la habitación y abre el armario. Solo puede ver manchas borrosas. Después toca. Lanza sobre la cama unos pantalones, camisetas y una sudadera. Junto a la pared ve una mochila y la vacía de cuadernos para llenarla después con la ropa que ha ido cayendo del armario. Como si ahí dentro se estuviera deshojando una persona.

Abandona el cuarto y camina hacia la puerta de su casa. Da una patada al bolso, sin querer, antes de darse cuenta de que necesita lo que ha golpeado. Después se agacha y toma el pedazo de piel. Comprueba que en el interior está el teléfono. Mira cuánta batería le queda y tras observar que está a punto de terminarse abre un cajón y atrapa el cargador.

Se lanza a la puerta y cierra con un golpe. Después se gira a mirarla y comprende que está emprendiendo un viaje hacia un destino lleno de vértigo y desamparo.

Baja por las escaleras con miedo a caerse y con el deseo de hacerlo. Porque no quiere ser ella, no quiere estar haciendo eso. En cambio, una bruma le hace seguir por el portal, cruzarse e ignorar a un vecino, y llegar a la calle. Mira a su alrededor y durante unos segundos se percata de que todo es un engaño. Está rodeada por desconocidos que van de un lado a otro sin saber que son dueños de una certidumbre diminuta. Seguimos hacia delante, hacemos, porque no sabemos cuándo cambiará todo. Peces de carne y hueso que marchan hacia la red y les da igual. Entonces regresa y es capaz de ver una luz verde, un taxi, que detiene y al que se sube. El hombre, con ojeras y la piel morena, mira por el retrovisor interrogando con los ojos. Ella se agita y no entiende qué espera. No comprende que su mente grita, pero ella aún no ha empezado a hablar. Se tiene que buscar entre la muchedumbre que es su cabeza para mirar fijamente al conductor antes de abrir la boca y decirle lo que necesita.

—Perdone —dice—, lléveme al hospital.

Madrid

16 de agosto de 2019

—¿Te das cuenta de lo que me estás pidiendo? Los dos se observan.

—¿Para qué te hiciste médico?

—¿Qué tipo de pregunta es esa?

—Los dos sabemos por qué estás aquí y los dos sabemos qué es lo que necesito. Sé qué es lo que va a pasar, aunque vosotros no me lo queráis decir porque pensáis que el silencio es una manera de tratar a la gente —Luis sonríe—. Aquí nos conocemos todos, yo conozco tu cara y conozco la cara de cualquiera de los que pasan por la habitación. Os he visto durante meses y me he fijado en cómo os movéis, cómo os comportáis, o cómo afrontáis los miedos.

Ya te lo he dicho antes. Por ejemplo, tú bajas un poco la cabeza y haces un ruidito con la garganta cuando estás nervioso. Aquí todo el mundo tiene miedo. Vosotros tenéis miedo a contar la verdad, tal cual, y yo tengo miedo a que no se cumpla con lo que quiero. Por eso te lo pido ahora.

Diego se queda callado unos instantes antes de contestar.

—No es esto lo que hablamos, lo sabes, las condiciones eran otras. No me dijiste que ibas a pedirme algo así. No lo entiendo ahora y no es justo que me pidas eso.

—Sí lo entiendes, lo que ocurre es que te resulta más sencillo disimular. ¿Pensabas que se me iba a olvidar? ¿Cómo no lo vas a entender si seguro que has vivido esto más veces? Desde hace varios días vienes solo. Pedro parece que ha decidido no pasar por aquí. Eres tú el que viene para contarme qué es lo que hay que hacer en función de cómo están las analíticas. He visto cómo hablas con mis padres y he visto cómo hablan después mis padres conmigo. Supongo que pensáis que me podéis engañar. Esto es como un precipicio. Esa sensación que aparece cuando estás mirando hacia abajo y de repente sientes la necesidad de dar un paso más. Pues yo estoy ahí, al borde del precipicio y pensáis que no me he dado cuenta. Te estoy pidiendo un favor. Que dejes de hablar de cifras y pienses en mí.

—Me pides algo que no puedo hacer. De hecho, me estás pidiendo que haga algo que va a hacerte daño a ti y que a mí me costará la profesión o me abrirán un expediente y nunca podré terminar la especialidad.

—Entiendo que no es sencillo. Para mí también es difícil plantearlo, te pido que entiendas que ahora mismo es lo que necesito.

—Puede que no sepas lo que necesitas —dice Diego acercándose a la puerta de la habitación.

—Pero cómo no voy a saberlo. Desde hace más de dos años me pregunto todos los días qué es lo que necesito en realidad. Estoy aburrido de jugar a la videoconsola, de pruebas, de leer, de escuchar música o de ver películas. Estoy aburrido de la rutina que me pone esta jodida ventana como anuncio de la vida de los demás. Joder, que tenéis el hospital pegado a un instituto y no paro de ver gente de mi edad. ¿Por qué yo? ¿Creéis que la felicidad es que te venga una famosa, por muy buena que esté, para luego colgar las fotos en el Instagram? La gente te da likes por pena y la pena es una mierda que no te puedes quitar de encima ni en las redes sociales. No quiero ser la excusa de otros para parecer buena persona.

—¿Qué pasa con tu familia?

—Mis padres lo entenderán. Saben mejor que nadie lo que necesito o lo que quiero. Saben que estoy aburrido de mentiras o de palabras vacías. No me hace falta hablar con ellos de esto. Quiero hacerlo independientemente de lo que opinen.

Diego observa su reloj antes de acercarse de nuevo a la cama de Luis. La luz corta la cama en dos, una parte llena de sombra y la otra blanca. La cabeza de Luis descansa sobre el respaldo, todo su cuerpo atrapado por la oscuridad. Como si no quisiera tocar nada de sol.

—Creo que tienes que reflexionar —dice Diego—. Es lógico que no quieras estar aquí, es una mierda, lo entiendo. No puedo ponerme en tu lugar, pero sé que es una mierda —hace una pausa y un ruido con la garganta—. Pero Luis, tienes que entender que aquí vas a disponer de lo que necesitas para tu enfermedad. Podemos intentar mandarte a casa si quieres, unos días, para que descanses. Nuestro objetivo es hacer el bien por ti y procurarte lo mejor.

—No lo dudo, todos queréis lo mejor para mí, pero no os habéis parado a preguntarme qué pienso. Por eso he decidido decirlo. Vosotros creéis que estar aquí sentado o tumbado es una buena manera de ver pasar las nubes hasta que no haya más nubes ni cielo ni nada —Diego baja la mirada—. De toda la gente que pasa por aquí, creo que solo hay un par de personas que me pueden ayudar. Soy egoísta, lo sé, pero lo único que tengo es pedir que cumplas lo que dijiste aquella vez.

Diego se lleva las manos a la frente y baja lentamente sus dedos por el rostro hasta tocar sus ojos. Se encuentra cansado, siente presión en la nuca, anticipo del dolor de cabeza que siempre le acompaña ante las dudas. No quiere estar allí. No es la primera vez que tiene una conversación como esa. Esas palabras siempre saben cómo surgir, forman parte de un viaje y todos los viajes tienen hitos parecidos. Hoy están solos, los padres tenían que ir a realizar una serie de trámites relacionados con el trabajo. Aprovecharon el día tras preguntar a Pedro si hoy les iban a dar alguna noticia o realizar algún cambio en el tratamiento. Luis utiliza la soledad a su favor.

—Diego, no sé lo que estás pensando, pero el hecho de que estés pensando me ayuda.

Luis se levanta con mucho trabajo de la cama y se acerca a Diego.

—Diego, sabes que llevo huyendo desde hace meses sin moverme del sitio. Te pido que me ayudes, no quiero perder más tiempo quieto.

Madrid
18 de agosto de 2019

Llega a casa y cierra despacio. Deja la ropa sobre el sofá y se quita las zapatillas para dejarlas tiradas en el suelo de la cocina. Después abre la nevera que está prácticamente vacía y decide qué va a hacer lo que hace siempre en los salientes de guardia. Macarrones con tomate, en cantidad, porque así sobrarán para el día siguiente. Sobre la mesa del salón descansan folios, varios libros y un par de agendas que le ha regalado un visitador médico. Cae en el sofá y observa el techo. Lleva en ese piso de alquiler dos años y medio. Desde que se mudó a la ciudad para ser lo que siempre había deseado. Desde que dejó a su madre y a su padre en el retrovisor despidiéndose con la mano. Mecido por el ruido del motor de su primer coche de segunda mano.

Diego apenas se ha preocupado por todas las cosas que estaban mal en su vida. Y estar tumbado, mirando al techo, saliente de guardia, le permite mirar lo hecho como un libro de texto. Repasa su día a día como si fuera el tratamiento de una enfermedad.

Abrir los ojos, ducharse, ponerse la ropa e ir al hospital. Abrir los ojos, ponerse la bata, escuchar a la gente, pautar medicaciones, dar buenas o malas noticias y regresar.

Sobre el sofá, como el que se regala una pausa, permite que su existencia sea dibujada como la de un ratón que transita una rueda que nunca termina. La rueda que él ha elegido, como si elegir rutina la hiciera menos dolorosa o más llevadera. Le duele preguntarse qué hace allí, ha sido mucho el esfuerzo y siente frío cuando las dudas le hacen querer bajarse de aquello en marcha y salir.

Tirado en el sofá libera la mente y piensa en los motivos que le llevan a continuar con ese sueño que es suyo y de su madre. Sueño que se drena de una pesadilla, como todas las promesas que uno se hace como venganza para cuando sea mayor. Pero a la muerte es muy difícil vengarla. Y el techo le dice que la muerte de un padre es una victoria indomable para la parca.

Se mira las manos y se observa los brazos. Diego se recorre, presa de ese cansancio extremo que resulta de no haber dormido. Como si una droga recorriera sus venas haciéndole transitar un estado intermedio entre la lucidez y el sueño. Termina también por mirar el suelo, lleno de motas de polvo y restos de comida. Si su madre lo viera, le haría un juego de manos hasta su colleja. Y sonríe. Sonríe hasta que ve la mochila que lleva al hospital en la que guarda todo lo necesario para sus días. Ayer, por ejemplo, día de guardia, fue maleta. No tiene hambre, ha llegado a esa conclusión, pero en la cocina empieza a borbotear el agua en la que tenía que echar los macarrones. Se levanta y vierte varias cucharadas de sal antes de echar la pasta. Ya de pie decide que saldrá a dar un paseo por el barrio, con los cascos y con alguna banda sonora apagando el ruido de la calle. Desde la cocina puede ver la mochila en el suelo. Se acerca a ella y comienza a mirar lo que tiene en el interior. Después la coge para ponerla encima de la mesa donde comienza a vaciarla. El fonendoscopio, el ordenador, los bolígrafos, el chuletario. Diego se deshace sobre la madera y da un paso atrás cuando tiene la bolsa completamente vacía. Mira por la ventana y ve un tabique marrón a unos metros. Su piso da a un patio interior en el que puede ver cómo cuelga a la gente su ropa y cómo el sol apenas puede tocar el suelo. Su vida al otro lado del cristal es terrible. Se asoma por la ventana y mirando a la izquierda puede ver un techo de uralita gris que esconde un garaje urbano. Sobre los ángulos dentados del techo se pelean multitud de palomas que lo llenan todo de mierda. Diego regresa al salón y toma la mochila vacía, no pesa nada. Han pasado más de ocho minutos y la pasta ha superado el tiempo necesario de cocción. Apaga el fuego y deja que los macarrones se deshagan del agua con la ayuda de un colador. Diego observa cómo se vacía el fregadero mientras sonríe. Devuelve la pasta a la cazuela y vierte un pequeño bote de tomate frito, también varias cucharadas de pimentón. Después come un pequeño plato de pie en la cocina. Cuando termina tira la comida restante por el váter. Se asegura de que no haya manchas de tomate en ningún sitio antes de introducir la cazuela y el plato en el lavavajillas. A continuación, toma sus zapatillas y se pone pantalones cortos. Sitúa los cascos sobre sus oídos y selecciona una lista de canciones en su teléfono móvil. Pasa por delante del sofá y mira al techo. Diego se marcha de casa, con la mesa llena de objetos y la mochila vacía. No ha puesto un pie en la calle cuando siente que ya ha tomado una decisión.

Madrid

19 de agosto de 2019

—Entonces, ¿mañana? —sonríe Luis.

—Tienes que hablar más bajo, nos van a oír.

—Nadie nos oye, estamos solos en la habitación.

—Lo sé, pero prefiero no arriesgar.

—Pero si aquí el que más arriesga soy yo, tranquilízate.

Diego da un paso atrás después de dejar la carpeta encima de la camilla. Se mete las manos en los bolsillos de la bata y mira fijamente a Luis. La ventana deja pasar la luz, hoy está sentado en el lado luminoso del colchón.

—No —dice Diego con cara seria—. En realidad, estamos arriesgando los dos. De hecho esta conversación que tenemos ahora, estas palabras, son un error. Me has pedido que cometa un error. Al menos entiende que ya que nos vamos a caer juntos lo hagamos haciendo el menor ruido posible.

—Diego, si algo he aprendido este tiempo es que errores son sobre todo las cosas que no haces cuando deberías hacer. Lo más difícil de olvidar son todos los «y si» que dejamos atrás. Tío, te doy las gracias por dejar que me quite este de encima.

—Seguramente yo no me olvide, solo espero que cumplamos ambos con nuestra palabra. Con suerte no se entera nadie de que he sido yo.

—Será un paseo, largarme del hospital porque quiero y no porque es lo que me toca hacer.

En la habitación la respiración de ambos parece sincronizarse. Entre ambos queda la certeza de estar escapando, como si todas esas palabras que oscilan alrededor no fueran más que una excusa creada a base de jugar con el abecedario. Dame palabras para que no se note que nos equivocamos.

—Tienes que descansar —indica Diego mientras recoge sus cosas—. Te toca una de las partes más difíciles mañana.

—No te preocupes —concluye Luis—. Lo he hecho otras veces, pero sin querer.

Madrid
25 de febrero de 2017

María llega al edificio, baja del taxi e intenta pagar. El dinero se le escapa entre los dedos y el taxista decide que no va a cobrarle el viaje. Extiende su mano derecha y la hace oscilar para decirle que no hace falta. El conductor es experto en leer en los ojos que no hay banco que pague la deuda que lleva esa mujer. Ella sonríe y abandona el coche dejándose la puerta abierta.

María pregunta por las urgencias. Camina hacia donde le indican tan rápido y tan lento como le permite la nube en la que está atrapada. Lanza su futuro hacia un destino que no conoce, pero que tienen la palabra «incertidumbre» en letras brillantes. En lo que somos hay precipicios inevitables, y María siente que se proyecta hacia uno de ellos. Con el deseo absoluto de quedarse quieta y con la certeza de que no hay manera de poder escaparse.

Las Urgencias están repletas de gente. Toses, fiebres, dolor y ojos de desconocidos que hablan entre ellos sobre lo bien que estaban ayer. Todos propietarios de una vida que cambia. Las Urgencias de un centro sanitario son el equilibrio que se tambalea. Gente que entra para salir en unas horas, no ha sido nada. Gente que entra para no salir en mucho tiempo, lo ha sido todo. Entre los habitantes de ese instante siempre hay miedo. Y el miedo baila sobre la cabeza de los que sufren en cuerpo propio y esperan por cuerpo ajeno. Todos van allí con algo que contar y con algo que no quieren oír. De alguna manera las Urgencias de un hospital son ese lugar en el que se regalan cambios, hipotecas o quizá préstamos para la vida. María observa a su alrededor y encuentra su sitio en una sala llena de sillas de colores. Se reconoce en los ojos de varias mujeres. El cartel confirma que está donde debe. Se dirige después al mostrador para preguntar a una señora que lleva un chaleco de color verde.

—Perdone, busco a mi hijo, ¿cómo puedo saber dónde está?

En los pasillos las batas blancas y los pijamas verdes homogeneizan y despersonalizan a los sanitarios. Individuos desconocidos que hacen desconfiar a María. Caras que olvida una y otra vez. Debe ir por el pasillo hasta la tercera puerta a la izquierda. La consulta número tres de pediatría. Su hijo. Se cruza con una doctora, un enfermero, dos celadores y un señor en silla de ruedas. Se mueven de un sitio a otro con la intención o bien de hacer algo o bien de decir algo. Los pasillos de un hospital solo saben ser agradables cuando se abandonan.

María camina buscando a su marido, Fernando. Mientras lo hace toma el teléfono y selecciona su número en la agenda de contactos. Llama y espera que los tonos le permitan relajarse. Fernando tarda en cogerlo. Es un hombre tranquilo, de rostro serio con nariz pronunciada. Tiene la piel morena y muchas canas en el pelo. Aficionado al fútbol desde su infancia, jugador semiprofesional que hizo después una pequeña carrera como entrenador. Pegado a la pelota mientras estudiaba para terminar su carrera de Derecho. Debía ser el mejor abogado posible. Un buen padre y hombre que tiembla al ver el nombre de su mujer en la pantalla.

Fernando habla despacio y a pesar de eso no puede evitar que su voz se sacuda. En este juicio no esperaba pleitos.

—Sí, sí, estamos en la consulta número tres, te esperamos —dice.

Aún no entiende muy bien qué ha pasado. Estaba allí junto a la línea de banda y de repente ha visto que su hijo caía al suelo. Solo, como golpeado por un ente invisible. Plegándose sobre su cintura hasta poner las manos sobre el césped artificial. Después caía tumbado, con los ojos muy abiertos y mirando hacia uno de los lados del campo. El partido se detuvo y los compañeros, asustados, empezaron a agitar las manos para que alguien ayudara. Fernando entendió que pasaba algo grave. En el campo no había ningún tipo de asistencia sanitaria y varios padres llamaron al mismo tiempo al número de emergencias. Fernando corrió hacia su hijo. Cuando estaban delante observó que respiraba muy superficialmente. Le tomó el pulso y estaba acelerado, con las pupilas perdidas tras los párpados. Comprobó su respiración y comenzó a agitar ligeramente el cuerpo de su hijo. Luis finalmente abrió los ojos, perdido, hasta que se encontró con el padre. Sonrió, como cuando era pequeño, y preguntó dónde estaba. Desde la banda indicaban que la ambulancia tardaría poco en llegar. Instantes después comenzó a escucharse en la lejanía el sonido de la sirena. Fernando tuvo ganas de llevarse a su hijo en su coche, pero al intentar incorporarle se percató de que iba a ser imposible. Estaba desmadejado, como hueco. Su hijo no se sostenía, así que esperó con él en brazos hasta que llegaron los profesionales. Con la ayuda de varios de los que estaban allí consiguieron subirle a la camilla. Fernando atrapó la mano de su hijo, detrás de ambos un vehículo amarillo desplegaba sus luces cerca del terreno de juego. Un par de hombres y una mujer comenzaron a correr hacia ellos.

Luis recobró lentamente el color. Del blanco al rosa pálido en un par de minutos. El monitor parpadeaba emitiendo pequeños pitidos que se hacían uno con la frecuencia de los latidos de su corazón. Fernando, en silencio y sin dejar la mano de su hijo, miraba las cifras con extrañeza. En sus años de deportista había leído libros sobre preparación física, sabía que el número que aparecía en la pantalla era más elevado de lo que correspondía para un chaval de la edad de su hijo. No entendía qué estaba ocurriendo, pero la certidumbre de un lento cambio iba ganando lentamente terreno en su conciencia. Levantaron la camilla y Fernando les dijo que iría en su coche detrás de la ambulancia. La puerta trasera de esta se cerró con un golpe seco. Un martillazo a otro capítulo donde temer era propietario de todos los verbos. Fernando alcanzó su coche y se puso el cinturón. Arrancó y se situó a pocos metros del transporte sanitario, con su hijo dentro, imaginando un cordón umbilical uniéndole a ellos. Haciendo el viaje más largo de su vida en el menor tiempo posible.

Fernando resume así lo ocurrido a María, le explica que la llamó por teléfono en cuanto su hijo entró en la consulta. En cuanto fue posible. Los dos esperan sentados en un par de sillas blancas al final de un pasillo. Ahora son dos islas. Solo sienten a su hijo al otro lado de la pared, están haciéndole una prueba, una nueva analítica. El tabique, los ladrillos ahí puestos, son frontera. María intenta comprender qué está ocurriendo mientras Fernando siente que ese animal que es el miedo, saber que algo pasa, se hace cada vez más grande y viscoso, más cercano.

Cuando vuelven a ver a Luis lo encuentran dormido. Descansa con unas gafas de oxígeno en la nariz. Sin darse cuenta Fernando sigue el plástico con la vista hasta la pared y piensa de nuevo en un cordón umbilical. Después le da la mano a su mujer. Los dos ven una línea de suero que surge de una botella que gotea lentamente hasta su hijo. Hace unos minutos han visto salir a un celador con la sangre que le han extraído. Los dos han encontrado en ese color rojo todas sus preguntas. Ni Fernando ni María quieren estar allí. Dan un par de pasos hasta llegar a unas sillas, como de oficina, donde se sientan de nuevo. Deben esperar para tener los resultados. Esperar también es una forma de hacer daño, porque en una situación así la mente hace una apuesta por jugar al escondite. Y se marcha de allí para preguntarse por todo lo que podía ser y no es. María piensa en la compra y en cómo se le había olvidado comprar un hueso para el caldo. ¿Y si lo hubiera comprado? Fernando recuerda con exactitud todos los momentos en los que su hijo le había pedido que se quedara un rato más para acompañarlo. Fernando regresa a cada uno de los gritos a su hijo en el campo, por no ser capaz de recuperar el balón o por no regresar rápido a la defensa para evitar que les metiera un gol el equipo contrario. María y Fernando están en la silla para estar a la vez tan lejos como les es posible del hospital, de la cama y de todo lo que suena. Ambos miran a su hijo y es en ese momento cuando se abre la puerta.

Un doctor les ofrece la mano. Los dos se levantan y se acercan a él. Empiezan a comprender que hablan mucho más unos ojos que unos labios desconocidos. El doctor les pide que les acompañe, dado que Luis sigue dormido, y les dirige a una sala contigua donde una mesa y tres sillas disponen aquello como un interrogatorio. El doctor, amable y cercano, de mediana edad, comienza a explicarles qué es lo que han visto en las analíticas y, sobre todo, en las radiografías que han hecho a su hijo. Lentamente la voz del doctor pasa de ser clara a convertirse en un murmullo sordo que llega hasta sus tímpanos y desaparece. No quiere entrar más allá. María y Fernando no escuchan. No están allí. La silla en la que están sentados les engulle y les desplaza, les oprime y captura. Sienten que las paredes de la habitación se elevan y el aire se va y se aleja. Se deshacen. El doctor les pregunta sobre una serie de síntomas y signos, apunta en un papel cada una de sus respuestas. Rellenando casillas y convirtiendo cada afirmación en herida, preocupación y ausencia. Cansancio, sí. Palidez, sí. Dolor, sí. Frío, sí. Pérdida de peso, no lo sé. Cambios de comportamiento, puede ser. Se persigue un mapa de los últimos meses de su hijo. Cada palabra se convierte en una señal evidente de que algo iba mal y no se han dado cuenta. Y la habitación crece y ellos son más pequeños. Y la mesa tan grande que ahora traslada al doctor a otro lugar mientras María y Fernando se sienten caer por un agujero pequeño que les oprime. Espacio que impide su respiración y que les provoca ganas de llorar, pero no les permite hacerlo. El doctor explica los resultados de la analítica mientras Fernando y María piensan en su hijo al otro lado de la pared. Él aún no sabe nada, está todavía en su vida pasada, en lo que fue, en el no saber que da tranquilidad. Su hijo aún no ha aprendido que la felicidad es lo que él tiene, la ignorancia es una virtud que se le escapa. El doctor continúa hablando. Fernando y María enterrados ya en el interior de ese agujero en el que les está metiendo el hospital y sus batas blancas. Entonces hay silencio y el doctor calla. Entonces se separan sus labios y pronuncia la única palabra que llega hasta ellos. Como si esa palabra tuviera manos y dedos y la capacidad de rasgar sus oídos para hacerse un hueco en el cerebro. En su nuca, entre sus oídos, debajo de su cabello. Llegando hasta su corazón para caer al estómago y atrapar al abdomen que se contrae al sentirla. Palabra que les convierte en esclavos de un futuro que no esperaban. El doctor calla y les sugiere hacer alguna pregunta. Fernando y María intentan regresar, vacíos, rotos y extraños. Temblando. El doctor intenta asegurarse de que han entendido lo que les ha dicho. Los dos afirman con la cabeza, autómatas del miedo. Les dejará un momento solos, quizá necesiten tranquilidad antes de volver a la habitación. La puerta se cierra y

María y Fernando se permiten el infinito entre ellos. ¿Cómo se gestiona la oscuridad? Se escapan un par de lágrimas mientras la mesa vacía regresa a su tamaño. Todo vuelve y ellos dejan de ser pequeños, testigos perdidos que lentamente recuperan lo que son. Piensan que probablemente no sea real lo que ocurre y tardan unos segundos en escuchar el teléfono. Al otro lado está su hijo, Luis acaba de despertarse y no sabe muy bien dónde está. Fernando responde, enseguida estaré ahí con mamá. Después cuelga y se ponen en pie. María se encoge a su lado.

—Ha dicho cáncer, Fernando —murmura.

Después se abrazan para poder soportarlo.

Madrid
20 de agosto de 2019

La enfermera entra en la habitación.

Al entrar lo encuentra solo.

Le habla, se acerca a él.

No abre los ojos y respira de forma agitada.

Sus dedos están pálidos, con las uñas de un tenue color azul. Sitúa las gafas de oxígeno sobre su nariz y envuelve el índice con una pequeña tira de color carne que comienza a brillar. También toma la tensión. Sigue sin abrir los ojos y piensa qué es lo que ha podido ocurrir. Hace unos momentos que había terminado de administrarse la última medicación.

Mantiene los ojos cerrados.

Pulsa el botón rojo y a los pocos segundos aparece otra enfermera. Las dos se miran y entienden.

—Llama al médico, corre.

La enfermera recién llegada abandona la habitación y se dirige hacia el control, una mesa de madera protegida por una superficie en la que descansan las carpetas de los pacientes y el teléfono. Marca cuatro números mientras observa cómo un par de compañeras se dirigen a la habitación para echar una mano. Una de ellas lleva una bolsa de suero y otra empuja un carro repleto de instrumentos para realizar una reanimación. Nadie coge el teléfono. Resopla y vuelve a marcar e incluso cree que han colgado. Rápidamente revisa la lista de números y marca cuatro cifras distintas a las anteriores, llama a la consulta. Tras varios tonos escucha al doctor. Piensa que ha tenido suerte mientras escucha al otro lado la voz tranquila del médico con más experiencia. Explica rápidamente lo que está ocurriendo. Él pregunta por lo que han hecho y confirma que es adecuado. A continuación, le dice que se dirige hacia allí. Le pide por favor que apunte en una hoja la medicación que ha recibido en la última hora. Antes de terminar le repite tres veces la dosis de adrenalina, debe tenerla preparada. También le indica las dosis y medicación para tratar una posible convulsión. La enfermera escribe en mayúsculas mientras él habla. Después escucha un «voy para allá» antes del chasquido que da por terminada la conversación. Al levantar la cabeza ve que tiene delante el botón que hay que pulsar en los casos más graves, desea no tener que hacerlo.

Regresa a la habitación con la medicación en una batea. En ella no ha cambiado nada y su compañera sigue pegada a la cabeza del paciente, sujeta su mandíbula para que respire mejor mientras le habla, tranquila, como si con sus palabras fuera a lograr que todo volviera a la normalidad. En la puerta alguien de blanco y con mascarilla parece curiosear para después pasar de largo. El monitor que indica la tensión arterial no para de pitar y ellas rodean al paciente. Y piensan en él, quizá dejando que la palabra injusticia se deje caer también en lo que están viendo. Mantiene una respiración rápida y frágil, como un pez fuera del agua, y el oxígeno que le aportan no parece ser suficiente para normalizar el esfuerzo que muestra su pecho. Les duele verle así y les duele la soledad con la que se presenta de vez en cuando lo terrible. Se acerca a la pierna derecha del crío y baja el pijama hasta dejar al descubierto su muslo. Con cuidado busca el músculo y lo fija con los dedos, después inyecta medicación en su interior. Al mismo tiempo, su compañera abre la bolsa de suero que han llevado al cuarto. Toman el líquido de su interior con grandes jeringas y empiezan a pasar rápidamente suero a través de la vía que surge de su pecho. La enfermera se retira y mira el reloj.

Debe recordar el momento en el que ha puesto la primera dosis de adrenalina. Tras esto toma una aguja y busca una vena en el brazo del enfermo, y tras pinchar en ella extrae sangre. Sangre que quizá sea la respuesta a lo que está pasando o quizá no sea más que un gesto para tranquilizar la conciencia haciendo algo cuando no hay más que hacer. En cuanto el líquido rojo comienza a llenar en el interior de la jeringuilla cambia la respiración. Y surgen dos pupilas negras tras unos párpados que comienza a aletear como si regresaran de viaje.

En la puerta aparece el médico, Pedro no lleva bata y deja caer sobre su cuello el fonendoscopio. Observa unos instantes y se acerca al paciente. Toma el pulso y escucha su pecho y su corazón. Se gira y mira el monitor, pulsa la pantalla táctil para tomar de nuevo la tensión. Mira a las enfermeras, sonríe ligeramente y pregunta en voz alta.

—¿La gasometría?

La enfermera que habló con él por teléfono entrega una pequeña muestra de sangre a una compañera. Esta sale y busca a un celador que abandona la planta para llevar la jeringuilla hasta una máquina situada a unos metros de allí, en el servicio de cuidados intensivos. Mientras tanto el paciente parece recuperar lentamente la conciencia. Observa a la gente a su alrededor y se muestra sorprendido. Los conoce, pero se acerca a ellos desde la distancia. Como el que pasea hasta recuperar la capacidad de entender quién es y qué pasa. El médico le explora más detenidamente. Su corazón va rápido, sin más. Sus pulmones suenan limpios. Sus ojos miran, pero parecen no ver, con tan poco es suficiente para saber dónde queda el cerebro. Pedro devuelve al cuello el fonendo y se gira para pedir a la enfermera otra medicación. Las pupilas, apenas reactivas a la luz, le dan una pista sobre lo que ocurre.

Fuera de la habitación alguien rompe una ampolla de cristal, introduce una aguja en ella con cuidado y después aspira. Carga con precisión la medicación y la diluye en suero salino. Agita ligeramente la mezcla mientras regresa al paciente y busca la vía situada en uno de sus brazos para introducir con cuidado en ella la jeringa. El fármaco pasa lentamente al interior de la vena para mezclarse con glóbulos rojos, glóbulos blancos y plasma. Ahí se traslada a la aurícula derecha que se la presta al ventrículo y después a los pulmones para que desde ellos acuda a la aurícula izquierda y después al ventrículo del mismo lado. Masa de músculo que se comprime y proyecta fármaco y sangre hacia las carótidas que se rompen en varias arterias que se dividen en una constelación de pequeños vasos. Vasos que riegan neuronas y que terminan por entregar en ellas la medicación. Células bañadas en una sustancia que las frena y contiene. Viaje de menos de diez segundos hasta que el paciente abre los ojos, muy grandes, y levanta la mano derecha.

No entiende nada.

—¿Qué ha pasado? —pregunta mareado por el efecto del sedante.

El monitor deja de sonar. La frecuencia cardiaca desciende hasta valores normales. En la habitación entra una auxiliar, en una de sus manos lleva un papel largo y estrecho con el resultado de la gasometría. Pedro la toma y tras revisarla asiente con tranquilidad. Ningún valor alterado, le resulta extraño dado lo visto. Pone una mano sobre el hombro del crío y sonríe. Se da la vuelta mientras comienza a considerar la posibilidad de algún tipo de prueba de imagen. Se va de la habitación sin tener claro qué ha pasado, pero con la tranquilidad de haberlo resuelto. La medicina como la incertidumbre de hacer lo que se necesita sin saber lo que ocurre.

Mientras tanto, el paciente continúa sorprendido y mira a unos y a otros. Se incorpora en la cama y se retira con cuidado las gafas nasales. Después se las entrega a la enfermera que está a su lado. La conoce desde que entró en el hospital. Ella sonríe, hace un rollo con la sonda transparente y la deja sobre el cabecero de la cama. El paciente toma su teléfono móvil y comienza a mirar la pantalla viajando por los mensajes que ha recibido. La enfermera comprueba todas las vías venosas y le explica que dejará una media hora el monitor encendido, para vigilar cómo se recupera. Mira el reloj para calcular luego cuánto ha durado todo. Se ha hecho eterno, pero seguro que han sido solo unos minutos. Abandona la habitación y se gira para observar a su paciente. Debe estar pendiente de él, también debe procurar informar a la madre cuando regrese. La enfermera vuelve al control y se sienta delante del teclado para escribir lo que ha pasado y la medicación que han puesto. Por el pasillo ve alejarse a Pedro, no sabe que se dirige hacia radiología para hablar con los compañeros y explicarles qué es lo que está pensando.

En la habitación no hay ruido más allá del provocado por la respiración tranquila del paciente. Se puede escuchar el golpeteo de las letras al formar un mensaje en el móvil. El paciente lee lo escrito y sonríe antes de enviar el texto. Se tumba, un poco mareado y cierra los ojos contento por el éxito de la misión.

Madrid
3 de junio de 2018

—Venga, sin despistarse, no os alejéis de mí.

El grupo de chavales llama la atención de la gente, como si fueran un metal que atrae ojos imantados de desconocidos. Son un grupo de ocho y sin duda tienen un aspecto de lo más variopinto. Están completamente calvos, y un par de ellos se ayudan de muletas con las que avanzan bastante rápido. Junto a ellos varios monitores, gente joven, no paran de observar lo que ocurre alrededor. Delante de todos va una chica de menos de treinta años que no deja de sonreír. De vez en cuando se gira y les dice algo.

—A ver, los de las muletas, más rápido, como cuando escapáis de mí por las analíticas.

Los monitores se sitúan detrás y a los lados. Es una escolta que no quiere parecerlo. Vigilan que no se tropiecen con nada o que no se golpeen contra nadie. En realidad, es difícil que alguien se cruce con ellos. Igual que los miran se apartan cuando pasan a su lado. Entre la pena y la sensación de angustia por sentirse tan cerca de unas vidas como las que llevan encima esos niños. Que no les toque lo que no quieren sufrir, que no les roce su castigo.

El grupo se acerca al autobús que se encuentra parado delante de la entrada del hospital. La escena es como la de una excursión del colegio, pero sin el colegio y con muchas más caras de miedo en los padres. Estos permanecen junto a la puerta de entrada del hospital. Les han recomendado quedarse allí, para que sus hijos sientan de verdad que dejan atrás lo que pasa entre esas paredes. Un grupo de personas de mediana edad que en silencio son incapaces de ocultar sus ojeras. Algunos de ellos abrazados, otros con las manos unidas y unos pocos separados apenas unos centímetros que ahora se hacen muy grandes porque se les marcha el único nexo que los une. Mientras los ven partir entienden que esa es una oportunidad que le deben a sus hijos. Demasiado tiempo mezclando casa con hospital.

El grupo de ocho está compuesto por niños de más de doce años. La edad es un primer corte para que los monitores vayan más tranquilos. De los cuatro monitores que van en este viaje tres son médicos, jóvenes residentes, y una es enfermera. Ella se encarga tanto de guiarles como de administrar medicación si es necesario. Ha hecho este viaje varias veces en los últimos años. La única condición que pone para repetir es no salir en la foto que se hace el último día. Dice que ella guarda mejor los recuerdos en la cabeza, aunque la realidad es que no quiere hacerse daño recordando las caras de los que hacen ese su último viaje.

El grupo alcanza el autobús. Los pasajeros llegan lentamente a sus asientos. Al par que van con muletas les ayudan dos monitores. El mayor de ambos deja al entrar en el coche la muleta a un lado y habla un momento con el conductor. Después saca su teléfono móvil. Desde el terminal del adolescente vuela una lista de canciones que aparece en la pantalla del conductor. Este levanta el pulgar y asiente. No va a poner ninguna pega a la sugerencia. La lista de canciones deberá sonar tanto a la ida como a la vuelta. La música es compañía incluso rodeada de quimioterapia. Al pasar junto a uno de los monitores el chaval que ha compartido la lista le sonríe. Le hace un gesto con la mano señalándose los oídos, para que preste atención a la música que va a sonar.

Ya sentados escuchan el motor del autobús ponerse en marcha. Algunos aplauden y otros miran por la ventana. A su lado el hospital se eleva como un gigante que les dice hasta luego. Han esperado el viaje durante días, algunos lo llevan deseando desde que vieron el cartel pegado en la puerta de alguna de las habitaciones. En cada uno de los asientos hay una persona que ha visto cómo se hacían malabarismos con sus analíticas. Con las diferentes medicaciones para que en el momento de hacer la maleta ni hubiera leucocitos bajos ni efectos secundarios que jugaran a ser un freno. El autobús comienza la marcha. El grupo de padres se mantienen compacto a unos metros. No pueden ver a sus hijos al otro lado del cristal. Los viajeros les observan mientras se alejan, con la extraña sensación de estar aprendiendo a volar.

En los asientos del fondo del autobús los monitores observan la cabeza de los niños. El propietario de alguna de esas cabezas mira por la ventana. Ve pasar el mundo o, mejor dicho, el mundo que le ha tocado a vivir. Piensa que los mapas aportan poco si lo único que te ofrecen son las respuestas para un examen de geografía. Viajar no es irse de vacaciones, y ahora, mientras pasan los coches y las calles se hacen autopista, cae en la cuenta de que lo que no ha visto siempre será mucho más numeroso que lo que ha tenido delante y no ha mirado como debía. Al mismo tiempo, en la cabeza de uno de los monitores, que también miran por la ventanilla, se cuela una idea. Se prometió dejar en la medida de lo posible sus conocimientos en la bata. Pero no puede evitar pensar en los pasajeros y en esos porcentajes que le hablan de los que probablemente solo tengan en ese paréntesis la normalidad que jamás van a recuperar. Dentro de unos meses, si repitieran el plan, el autobús estaría más vacío. Y eso es algo indefectible que le hace sentir nauseas en la boca del estómago. Hay demasiados últimos viajes ahí dentro y no sabe cómo lograr que su mente piense que no importa si no te preguntan por ello.

El trayecto prosigue y los kilómetros caen dejando que cambie el horizonte. Calles, edificios, polígonos, gasolineras y casas. Hasta llegar a una tierra amarilla y verde que con el sol haciendo suelo se va cubriendo de un dorado que lo vuelve todo tranquilo y bello. La música suena muy alta y a nadie parece importarle ahí dentro la distancia. Para los enfermos no hay nada mejor que una travesía de ida, los principios, porque regresar es solo promesa.

El trayecto durará más de seis horas. La música de la lista se repite varias veces, pero los viajeros están habituados a esperar y está claro que hay esperas que se toleran mejor cuando te llevan lejos de lo que te hace daño. Se detienen a mitad de camino, en un cañón de montañas de piedra gris que se abre en la tierra. Aparcan junto a un mirador de mesas de granito desde el que se puede observar la carretera en la distancia, jugueteando en sus curvas con los camiones que pelean muy despacio con la pendiente que les va a dejar en otra comunidad autónoma. En el restaurante junto al merendero también les observan. Los mismos imanes en distintas pupilas. Ellos, habituados a sentirse observados, piden en la barra comida anárquica. Todo lo que no se puede solicitar en el hospital y está a la altura de sus ojos gana un atractivo tremendo. No hay estómago que pida permiso y los adultos que les acompañan disfrutan viendo cómo hasta el que no comía nada es ahora un devorador de lo que echaba de menos. Los monitores tienen claro que no están allí para convertir en cárcel una tregua merecida.

Vuelven al autobús y a la música. La tarde llega con su luz horizontal. Algunos duermen. Los más mayores se mantienen despiertos, quizá para que no se les olvide nada. Son los primeros en darse cuenta de que el trayecto se termina al ver el agua aparecer a lo lejos. Agua que sin haberles tocado ya les empapa.

El autobús frena y los ojos se abren. Los dormidos se sorprenden, ¿ya hemos llegado?, los despiertos observan el espacio que se abre ante ellos. Casas de madera con un pequeño porche delante. Alineadas las unas junto a las otras y mirando con curiosidad hacia un pequeño bosque y un horizonte lejano que es agua. Se ponen de pie y el conductor se gira para disfrutar la alegría que muestran por haber llegado a destino. Siempre pide hacer el viaje de ida al volante y se juega a las cartas con sus compañeros no tener que devolverlos al hospital a la vuelta.

Al salir del coche sienten en su piel la pesadez del agua suspendida en el aire. El olor a sal y la brisa de la playa que está apenas a unos cientos de metros. Sus poros se ocluyen, su piel tardará todavía unas horas en entender qué debe hacer para adaptarse. Los monitores comienzan a descargar las maletas del autobús mientras los ocho chavales caminan tan rápido como pueden hacia las cabañas. Articulaciones que se mueven por la contracción de músculos que, o bien han olvidado qué hacer, o lo saben y no pueden realizar más que una mala imitación de lo que deben. Avance lento e invencible de un ejército de niños. Con las maletas en el suelo, los adultos que los acompañan les dejan seguir. No habrá más indicaciones ni limitaciones de las necesarias.

Mientras los chavales exploran el terreno, las maletas llegan a una de las casas de madera. La enfermera y los residentes distribuyen el equipaje en dos habitaciones; después salen para ir con ellos y se sientan a observarles. Y miran sus sonrisas, la forma en que se mueven y sonríen. El viaje se les ha olvidado y lo que tienen es un presente ideal para aquellos niños. A unos metros del grupo pueden ver a otros jóvenes sentados en la arena. Parecen jugar a las cartas. A unos metros también tienen a un par de adultos, monitores de otro grupo de chavales que están allí para hacer lo mismo, pero por otros motivos. El contraste es obvio. Un grupo con pelo y otro sin pelo. Esa es la primera de las muchas diferencias que le hacen a uno preguntarse quién gestiona el azar y quién se encarga de distribuir las desgracias. En los dos las mismas carcajadas. Entonces se percatan de algo. Uno de los chavales de su grupo cojea hasta su muleta para cogerla. Después se sostiene sobre ella mientras parece señalar a uno de sus compañeros. Se carcajea. Del grupo de al lado se levantan un par de adolescentes. Su pelo va de un lado a otro agitado por la brisa. Las dos se acercan a ellos sin darse cuenta. Y una de ellas queda apenas a un metro del chaval de la muleta. Los dos se miran, se saludan y después, sin decirse nada, se dan la vuelta.

Madrid
20 de agosto de 2019

Observa su reloj.

Ya casi son las doce de la mañana.

Deja los bolígrafos sobre la mesa y separa las manos del teclado. También separa la silla y se levanta. Se pone la bata y busca en los bolsillos la mascarilla. Hay que hacerse homogéneo y de color blanco, a nadie le llamará la atención que lleve tapada la cara trabajando en oncología. De algún modo es el único lugar del hospital que vive como si siempre hubiera riesgo de pandemia. Nadie quiere contagiar a nadie.

Mira de nuevo el reloj y sale al pasillo. Este tiene como unos cincuenta metros y atraviesa completamente el servicio de oncología. Su despacho está en un extremo, junto a un par de ventanas que dejan ver los coches pasando a toda velocidad por la avenida que está pegada al hospital. Saltan de semáforo en semáforo como las fichas de un parchís. Desde donde está puede ver el control de enfermería. En el centro del largo pasillo, haciendo bisagra. Las puertas de las habitaciones están a ambos lados. Su perspectiva es la del protagonista de *El resplandor*, pero sin las dos niñas al final cogidas de la mano.

Entonces se percata de que ha comenzado.

Una enfermera camina muy rápido hacia la puerta de una de las habitaciones.

Desaparece en su interior y él mira su reloj.

Las doce. Se detiene antes de llegar a la puerta en la que ha entrado su compañera. Queda justo delante de otra habitación. Se gira y saluda a una madre y a un niño que están viendo sentados la televisión sobre la cama. La madre responde al saludo sin saber a quién ha dicho hasta luego. No le ha reconocido por la mascarilla. Después reanuda sus pasos. Cuando pasa ante la habitación en la que está la enfermera no puede evitar mirar. Observa que esta se inclina sobre la cabeza del paciente y parece estar ayudándole a respirar. Continúa hacia el control de enfermería y pasa de largo. Ahí se introduce en una habitación que sabe vacía. El paciente que la ocupa acaba de salir para hacerse una prueba que él mismo ha solicitado. Puede escuchar cómo las enfermeras comienzan a hablar entre ellas. También oye cómo regresa aquella que entró en la habitación para marcar un número de teléfono. A continuación, siente algo vibrar en el interior de su bolsillo, lo hace durante unos segundos hasta que vuelve a estar en reposo. Él no debía llevar el busca a esas horas. Después escucha una voz hablando con un médico. Imagina a Pedro atento, pensativo, calculando mentalmente la medicación que deben usar después de haber considerado varias causas. La enfermera apunta lo que debe hacer mientras sus compañeras ayudan a prepararlo todo. Cae el teléfono, voces que se preguntan y se responden. Después se oyen los pasos de varias personas corriendo de nuevo. El hueco en la pared que es la puerta las engulle.

Sale de su escondite en el momento exacto en que una camilla abre las puertas deslizantes que dan entrada al pasillo. Se gira y deja atrás el control de enfermería. Sabe que hay una cámara justo encima y baja la cabeza, como si estuviera mirándose los pies mientras camina. De hecho, los nervios solo le permiten seguir analizándose los pies mientras camina. Siente que todos le observan. No ve que en realidad está siendo ignorado por una fuerza que lleva a todo el mundo al interior de la habitación en la que se atiende una emergencia.

Se detiene.

Delante hay un cuarto amplio e iluminado.

Lleno de repisas y estantes donde depositar el aparataje necesario para atender a los pacientes. Al fondo una nevera en cuyo lateral se puede ver una placa con números. Una consola en la que pulsar una secuencia de cifras para el acceso a la medicación más sensible.

Se introduce en el cuarto y alcanza con rapidez la nevera. Mira a ambos lados. Toma varias bolsas de transporte de muestras. Son por un lado de plástico y por otro de material semejante al papel. A continuación, pulsa varios botones en la consola. Lleva varios días memorizando secuencias de números para hacer aquello. Nadie sospecha del residente atento, pocos disfraces funcionan mejor que ese, aunque con lo que está a punto de hacer quizá nunca pueda volver a ponérselo.

La nevera se abre y siente frío en el rostro. En cada una de las baldas hay un tipo de medicación. En la que se encuentra situada más abajo está lo que busca. Toma las bolsas para las muestras y las abre, las deja en el suelo. Después tira de un recipiente de plástico, de forma rectangular muy parecido a ese táper que cualquiera usa para guardar la comida. Abre con mucho cuidado el recipiente y observa durante un momento las ampollas de medicación. Pequeñas cápsulas de cristal que brillan y tintinean cuando las mueve. También puede ver varias cajas de pastillas apiladas. Sabe que hasta ahí llega su carrera profesional, y desde ahí se rompe en mil pedazos. En lo que va a hacer están todos los palos en las ruedas y todos los errores resumidos en uno. Respira lentamente e intenta escuchar lo que ocurre fuera. Sigue solo. Mira el reloj y se limpia el sudor de la frente con el dorso de la mano. Las ampollas y las pastillas están a unos centímetros y él extiende su mano derecha hacia ellas. En el momento en que las toque no le quedará otra que seguir. Pedir perdón será una excusa. Separa índice y pulgar, después los aproxima. Repite el gesto hasta diez veces para llenar la bolsa de muestras. Cierra el táper, lo deja en la balda, cierra la nevera y escucha un pitido.

Ya está hecho.

Se pone de pie e introduce la bolsa en otra más grande. Después sale al pasillo, con precaución, comprobando que nadie le mira. Echa un vistazo al reloj, han pasado menos de diez minutos desde que se puso la bata. Abandona el pasillo dejando atrás el control de enfermería, que continúa vacío. En la distancia, en el pasillo central del hospital, ve cómo se aproxima Pedro. Gira hacia su izquierda y usa unas escaleras laterales para llegar a la planta baja. Después continúa avanzando, cruzándose con familiares y compañeros. Todos le ignoran y él piensa que ha sido buena idea lo de la mascarilla. Llega hasta la lavandería y allí se quita la bata, pero antes saca la medicación de los bolsillos. Enrolla y lanza el pedazo de tela blanco a un gran contenedor. Después se da la vuelta y continúa caminando hacia la cafetería. Allí entra y pide un par de Coca-Colas sin azúcar. Las más frías que tengan en la nevera. El camarero le sonríe porque repite una y otra vez ese recurso todos los días. Con los botes de bebida en la mano sube las escaleras principales del hospital y avanza hacia las consultas de oncología. Al entrar saluda a un par de enfermeras que sonríen al verle. No pueden evitar preguntarle por la mascarilla y él se la quita. No se había dado cuenta de que la llevaba puesta. Después entra en una de las consultas donde una compañera de la residencia está repasando la historia de su próximo paciente. Saca el busca del bolsillo trasero de su pantalón y lo deja sobre la mesa. Ella le mira extrañada antes de cogerlo. Después le pregunta por la bolsa de muestras. Diego explica que es algo que debe llevar al laboratorio luego. La compañera se marcha y deja la puerta entreabierta. Terminada la conversación, siente un gran peso. Se deja caer en una silla, cruza las piernas y apoya la frente sobre la mano abierta. Se escuchan pasos y no tarda en ver a Pedro pasar junto a él para llegar a su sitio.

—¿Dónde estabas? —pregunta Pedro.

—Comprando esto —responde Diego entregándole una de las bebidas.

—Tienes mala cara.

—Mañana tengo guardia y estoy regular.

—Entonces hoy te irás antes.

—Eso espero. —Diego sonríe—. ¿Y tú dónde estabas?

—Han llamado de una de las habitaciones. No sé quién

llevaba el busca del residente, pero no lo han cogido y he ido yo.

Ambos se quedan en silencio. Pedro se gira y abre el programa de historia electrónica en el ordenador. En ese momento Diego percibe cómo vibra su teléfono personal y lo busca en el pantalón. Leed el mensaje que acaba de recibir mientras escucha.

—Quizá tenga una metástasis cerebral —dice Pedro en voz alta.

Diego levanta los ojos y mira por un instante la bolsa de muestras antes de asentir con la cabeza, dándole la razón a su mentor.

Madrid

22 de agosto de 2019

Abre la puerta y entra en el pasillo para saludar a sus compañeras. Ha dormido bien, hoy tiene ganas de comenzar cuanto antes con la tarea. Después se pone al otro lado del mostrador y comienza a escuchar qué ha pasado con los pacientes. El cuchicheo de los que se marchan se mezcla con las ganas de empezar de los que llegan. Explican lo que ha pasado durante la noche, las incidencias y las dudas. Ve en las caras de sueño de sus compañeras que ha sido un turno difícil. Un par de niños han tenido una noche extraña y ha habido que llamar al oncólogo de guardia. Demasiadas idas y venidas por los pasillos, inquietud que agota y convierte la noche en el pasillo en un ente desagradable y ruidoso.

Una vez han terminado deciden qué paciente va a llevar cada una de ellas. Esta es una parte más o menos sencilla en un servicio como el suyo. Después de tanto tiempo cada una tiene sus preferidos, les resulta sencillo hacer el reparto. Se han hecho vida en su vida. De pacientes a nombres y de nombres a niños. En ese momento están ocupadas veinte camas y son cuatro enfermeras, las matemáticas se cruzan con las preferencias y cada una será responsable de cinco. La complejidad de los niños se reparte de forma equitativa. Saben perfectamente cuáles de ellos tienen más riesgo de empeorar. De cada cinco hay uno con un mayor riesgo de necesitar atención. Nadie mejor que una enfermera para saber que los renglones torcidos vienen avisando desde los párrafos anteriores.

Tras el reparto toman las carpetas. Y nuestra protagonista observa las constantes que han ido apuntando sus compañeras. No les gusta el programa informático, prefieren el bolígrafo y el papel para las cosas más importantes. Aunque luego tengan que hacer doble trabajo para pasarlo al ordenador. Una vez ha revisado cada uno de los valores repasa los tratamientos. No puede olvidarse nada, cada uno de los fármacos es una pieza de un puzle constante. De hecho, resulta uno de los momentos más comprometidos. Deben conocer no solo el fármaco, también las dosis donde las comas y los ceros pueden ser la distancia que separa de un error fatal en el caso de los quimioterápicos. Emplea más de media hora en leer detenidamente los fármacos. Toma un folio y lo dobla en cuatro partes. En cada una de las partes escribe despacio y con letra mayúscula. Apunta la hora y las dosis. Establece un plan de tratamiento del que no se va a desviar en toda la mañana.

Una vez ha terminado con los preparativos se levanta para regresar al pasillo. Antes de comenzar con su trabajo tiene por costumbre saludar a cada uno de los pacientes y padres. Ver el rostro de quien será su compañía durante las siguientes horas les ayuda a situarse. Para sentirse solo siempre hay tiempo, y ella rompe ese argumento a través de un «buenos días». Va abriendo las puertas y, sonriente, libera esas dos palabras. Primero busca con los ojos a los adultos para después lanzar su mirada a la cama. Si el paciente duerme se marcha haciendo el gesto de silencio. Si está despierto, hace algún comentario con vistas a observar su reacción, a inferir su ánimo. Se obtiene mucha información de la mirada de un niño. Avanza abriendo y cerrando puertas. Avanza llenando su espalda de miradas tristes, gestos alegres y sonrisas francas. También se lleva en el estómago un par de ojeras inmensas y el gesto serio de una madre que no ha dormido porque ha perdido las ganas.

Tras haber visitado a cuatro pacientes se aproxima a la puerta del último. Es el más mayor y le conoce desde que ingresó. En realidad, le conocen todas las que ahora están de turno. Un adolescente cuyas preguntas ejercitan los reflejos. Con pacientes como él se crea un vínculo distinto, es habitual que la relación con ellos sufra altibajos. A veces se sienten con la capacidad de responderle a todo y otras es imposible tan siquiera abrir su puerta. Los adolescentes son el trabajo que más rápido tiene nombre y más acompaña en casa. Es por eso por lo que se lo van turnando. Cuanto más tiempo pasa desde el diagnóstico, más difícil es dejar atrás esa sensación de no estar cumpliendo con tu parte del trato. Saben que sumar semanas es restarlas de otro sitio, y los adolescentes saben sumar mejor que nadie cuando su vida es el resultado de la operación. En ocasiones la curación se convierte en una pendiente donde lo que indican los médicos y lo que las enfermeras perciben como necesario se separan. Esto es algo que ocurre ahora con este paciente. Se acaban sus posibilidades de cambiar de sentido y nadie le pone nombre a una situación que quizá no requiera de palabras.

Golpea ligeramente la puerta con los nudillos. Nadie contesta. No le sorprende, es habitual que no haya respuesta al otro lado. Los mayores se despiertan más tarde, nada duerme mejor que un chaval que se acerca a la edad adulta, aunque esté rodeado de batas blancas. Mientras abre la puerta piensa que seguramente prefiera tener los ojos cerrados. Dormir es un paréntesis para vidas como la de ese chico. La mierda huele menos o, incluso si hay suerte entre los sueños, deja de oler. Abre con cuidado y procura no hacer ruido para no despertarle. Al entrar puede ver el bulto en la cama. Tapado por la sábana blanca está girado hacia el lado que mira a la ventana. Es su forma habitual de dormir. El dolor de huesos, sobre todo en el lado derecho de su cuerpo, le obliga a estar en esa posición. Es el único paciente al que tiene que tomar las constantes tan temprano. No comprobará su tensión, eso le despertaría seguro. Pero sí debe al menos conocer la saturación de oxígeno en la sangre. Se acerca a él casi de puntillas, si vieran desde fuera lo que está haciendo más de una se reiría. Mira el cuarto de baño, que está apagado y vacío. Su madre no está allí, quizá hoy era día de descanso. Toma de su bolsillo un cable blanco del que cuelga una especie de tirita. Detrás del cable surge un aparato pequeño y rectangular. Pulsa el botón de encendido y en el extremo en el que se encuentra la tirita se enciende una luz roja. Llega a la cama y piensa que va a intentar situar el sensor en algún dedo de sus pies. Las manos deben estar plegadas la una sobre la otra y será difícil moverlas sin molestar. Envuelta en silencio levanta la sábana despacio y donde esperaba encontrar pies encuentra unas zapatillas. Sigue levantando las sábanas y se lleva las manos a la boca para ahogar un grito. Da un paso atrás mientras observa cómo se rompe el teléfono que estaba cargando junto a la almohada al golpear el suelo. Sale de la habitación, haciendo ruido y golpeando la puerta a su paso. En el pasillo anda muy rápido hacia el control de enfermería. Sus compañeras la miran extrañadas. Años de estar juntas les permiten leer en cada gesto que lo que vendrá después de separar los labios no será una buena noticia. La más experimentada se aproxima el teléfono y lo descuelga dirigiendo su dedo índice al teclado para comenzar a marcar el busca del médico. Entonces es cuando escuchan su voz.

—Se ha ido, no está.

Campamento, un lugar en el sur
5 de junio de 2018

Madrugar es un castigo.

Lo podemos disfrazar de otras cosas, pero cuando suena el despertador los párpados saben que protestar no será suficiente. Puede que ese ejercicio, madrugar, venga acompañado de un viaje a un lugar deseado, una actividad o, incluso, si la cosa se ha puesto seria, no sea más que la rutina que envuelve el día al día. Puede que madrugar te encuentre soñando, con lo que harías o con lo que no puedes hacer, o puede que directamente sea el rescate de un fundido a negro que parecía que no iba a terminar.

Madrugar es un castigo.

Pero en este sitio quizá lo sea menos.

Porque cuando abres los ojos ves que el techo es distinto y que no huele a limpio. Que hay madera y que a los lados están los compañeros durmiendo en literas. Sin pitidos ni máquinas que parpadean. Descubres que para madrugar también importa el lugar en el que se ejercita. Si ese cuarto es una forma de huida, un paréntesis, quizá compense eso de ver que el sol sale por el este y descubrir que los días tienen todos veinticuatro horas y están repletos de minutos con los que hacer cosas.

Empiezan a sonar los carraspeos, las primeras protestas, y los niños establecen la rutina de ruidos que es la banda sonora de las mañanas. Una música llena de buenos días, de cómo estamos hoy y de qué tal has pasado la noche. Allí madrugan porque les toca y les gusta. En un desafío al sueño, que allí dentro de la cabaña solo sabe robar tiempo. Dormir es una pérdida de ese bien inmaterial que solo tiene valor cuando se le echa de menos.

En el interior de ese espacio de madera con techo a dos aguas los chavales van poniendo los pies en el suelo mientras se miran los unos a los otros. En la ventana la luz empieza sus prácticas y cae sobre ellos para recordarles que están en una realidad distinta. Cada uno propietario de un recuerdo de la noche anterior, algo que les hace tener ganas de abrir la puerta y salir a desayunar.

Así que salen del cuarto de literas, uno a uno, para hacer una visera con la mano sobre sus ojos porque tampoco es cuestión de quemarse la retina y perderse lo que queda del viaje. Caminan hacia el edificio donde se da el desayuno y componen una línea de cuerpos de diferentes tamaños y cojeras que terminan por abrir una puerta que cruje. Buscan después una bandeja en la que dejar caer lo que se van a comer y lo que no se van a comer. Nadie les pide explicaciones por no vaciar los platos y ellos tampoco se las imponen si el motivo para coger algo surge del querer hacerlo o del querer probarlo. La conciencia de todos ha hecho también vacaciones, mejor que esté cuando se la necesita a que no pare de molestar cuando lo que uno quiere es estar lejos de todas partes, hasta de uno mismo.

El espacio para desayunar está dividido por mesas largas que, puestas unas en paralelo con las otras, recuerdan un aula enorme. Con la bandeja llena los niños van cayendo sobre las sillas y alternan bocados y sorbos conversando de cosas sin importancia. Recuperan su infancia o adolescencia hablando de todo lo que no importa como si importara mucho. Abrir la boca y tragar es una excusa.

El barracón del desayuno es común para todas las cabañas del camping. Y la puerta no para de abrirse dejando entrar críos de todas las edades con sus monitores. Muchos se quedan mudos al llegar, como si el hecho de que aquello tuviera dentro alguna que otra cabeza calva fuera un motivo para no separar los labios. Sobrevolando la sensación de que digan lo que digan van a meter la pata. Hasta que alguien rompe el hielo, hace el primer chiste o se atreve con la primera pregunta. Tras lo cual se mezclan los unos con los otros como si no pasara nada.

La puerta suena de nuevo y aparece Luis. Ha dormido bastante bien para lo que esperaba. Cojea un poco, siempre le cuesta arrancar por las mañanas. Sabe que en cuanto las articulaciones entran en calor, caminar deja de ser tan molesto. A veces se dice delante del espejo, cuando se levanta, que es un abuelo en el cuerpo de un niño. Después piensa que pagaría dinero por llegar a la jubilación y se le pasa.

Luis avanza hasta las bandejas. Son de metal, para que entren enteras en el lavavajillas industrial que está junto a una de las paredes. Toma un bollo pequeño de chocolate y llena un vaso con leche. Después se gira para buscar un sitio tranquilo en el que no tenga que estar soportando las conversaciones que no llevan a nada. Solo le compensa escucharse a sí mismo, o al menos eso cree. Los monitores le saludan al verle pasar. Es el más mayor del viaje y saben que la adolescencia teje fronteras invisibles pero poderosas. Se termina sentando en el extremo de una de las mesas junto a la ventana. Como si ver lo que hay fuera y mezclarlo con pensar lo que tiene dentro fuera todo lo que necesita para entretenerse allí. Se toma el bollo deprisa, está bueno, no le sabe demasiado dulce. Tampoco nota el sabor amargo que a veces le regala durante un tiempo la quimioterapia. La leche la bebe a pequeños sorbos. Sin darse cuenta el vaso queda vacío y él siente que aún le quedan ganas de tomar un poco más. Recuerda cuando su madre le repetía que tenía que tomar mucha leche para que se le pusieran fuertes los huesos. Estaba claro que aquello no había funcionado, pero la costumbre de tomar dos vasos de leche para desayunar se había hecho un espacio entre la manía de no tener bolígrafos rojos y ponerse siempre primero el calcetín derecho. Así que Luis se levanta y toma el vaso vacío para ir a llenarlo de nuevo. Tarda un tiempo en llegar al mostrador y debe esperar a que otros niños, con pelo, sanos y más pequeños que él, colmen sus tazas. Con el vaso lleno de nuevo regresa a su sitio, pero ahora ve algo allí que le obliga a detenerse antes de abrir la boca.

—Perdona, ese es mi sitio.

—Lo siento, no lo sabía.

—Pues ya lo sabes, así que si te levantas me haces un favor.

—Tampoco es necesario decir así las cosas.

—Tampoco era necesario sentarse en mi sitio.

—Ya te he dicho que no sabía que estaba ocupado, lo siento.

—Muy bien, disculpas casi aceptadas, ahora por favor deja que me siente.

—Claro, no te preocupes, seguro que es imposible tomarse el vaso de leche en otra silla o junto a otra ventana.

—Es que esa es la que tiene las vistas que me gustan, son cosas mías.

—Por supuesto.

La silla suena al ser arrastrada. Sin duda no pone atención en evitar que el sonido generado sea cada vez más alto y molesto. Ruido que hace que Luis tuerza el gesto. Después da un paso atrás para dejar pasar a la persona que ha ocupado su sitio. Apenas se rozan el uno al otro cuando pasa cerca. Con el espacio libre Luis se sienta y pone el vaso en la mesa. Mira por la ventana y comprueba que la luz sigue siendo luz y que a lo lejos el agua no ha dejado de ser agua. Entonces escucha otra vez el lamento de una silla que se mueve sin ser levantada. Demasiado cerca de donde se encuentra. Gira la cabeza para descubrir quién ha decidió sentarse delante de él. Y encuentra una sonrisa que le recuerda al día anterior y a no decirse nada.

—¿Cómo te llamas? —le pregunta.

—¿Yo?

—No, el que tienes al lado. Pues claro, tú.

—Me llamo Luis, ¿y tú?

Tras unos instantes de silencio y un par de galletas mojadas en leche, en el espacio que hay entre ellos navega el sonido de apenas tres palabras.

—Yo Eva, encantada.

Madrid
22 de agosto de 2019

Los dos corren.

Han recibido la llamada a primera hora de la mañana. Ayer se fueron del hospital porque les pidió por favor que le dejaran solo. Llevaba con ellos desde el ingreso, con uno o con otro. Creía que era un buen momento para estar tranquilo. Necesitaba unas horas en soledad.

—Mamá, necesito estar solo. Así arregláis los papeles que tengáis pendientes o descansáis.

Necesitaba el silencio, porque el silencio es un sitio en el que a veces nos encontramos. El silencio es para los perdidos una respuesta, el único lugar donde queda espacio para encontrar el rostro que no se reconoce en el espejo.

—Papá, tenéis que dormir en casa esta noche. Descansad de esto, y si acaso ya me canso yo por los tres.

Se encontraba en un momento de transición del tratamiento. De un punto malo a quizá otro ya peor. Sabían reconocer las pausas, los tres, y era sin duda una oportunidad adecuada para la tregua. En esa búsqueda del silencio logró crear un instante incómodo hasta que la madre comenzó a recoger sus cosas y tiró del brazo del padre. Y se fueron del hospital mirando atrás. Como el que olvida algo y no lo recuerda, dejando instalado un hormigueo incómodo hasta que vuelve a por ello.

Durmieron mal, con los ojos puestos en el techo. Viendo sombras, cerrando los párpados para escrutarse por dentro y no gustarse. Sintiéndose en otro sitio y culpables. Viendo el ladrillo y los cristales del hospital. Atrapados por un edificio que les había expulsado de su casa. El teléfono les sorprendió con los ojos abiertos y mirando al techo. Los dos miraron la pantalla, brillante, y un número largo y familiar les hizo tomarse de la mano y atender la llamada. Sabían que algo iba mal.

Y ahora corren por el pasillo.

Atraviesan el ajetreo de la mañana. Van vestidos con la ropa de ayer, porque ser padres de un hijo enfermo es no entender para qué sirve cambiar lo que no importa. Qué más da. Corren hasta la escalera principal y se cruzan con un grupo de médicos residentes que les reconocen. Entre las caras de los jóvenes identifican el gesto de que algo va mal. De la mano llegan a la primera planta y giran a su derecha. Es una carrera hacia una meta que duele, un sitio que da noticias, de las buenas y de las malas, de las que de un modo u otro hacen llorar. Así llegan hasta la puerta que se abre al ser detectados por la célula fotoeléctrica. Caen delante del mostrador de enfermería, del que surge una cabeza, un cuello y un torso. Después surge un brazo que termina en una mano que señala el despacho al que deben llegar. No hacen falta palabras para que ambos padres se giren y vean al doctor sentado detrás de la mesa. Está leyendo unas hojas. Levanta la cabeza y les hace entrar. Y ellos alcanzan las dos sillas que tienen delante y se sientan. Entonces Pedro comienza a hablar.

—Os pido disculpas por haber llamado tan temprano, pero creo que la situación lo requería —el doctor se lleva una mano a la frente—. Mirad esta mañana cuando la enfermera ha ido a la habitación de vuestro hijo para tomarle las constantes ha descubierto que no estaba allí.

—¿Qué quiere decir «no estaba allí»? —pregunta el padre.

—Lo que habéis oído, vuestro hijo no estaba en la habitación.

—¿Y dónde está? ¿Dónde va a ir? Apenas puede andar.

—No lo sabemos —Pedro carraspea—. Tras ver que la habitación estaba vacía se le ha buscado por la planta y luego por el pasillo. También por el resto del hospital. A vuestro hijo le conoce todo el mundo y nadie le había visto. Así que hemos visionado las grabaciones de las cámaras del hospital... y ahí estaba.

—No entiendo nada.

—Le hemos visto abandonar el centro. Iba en una silla de ruedas empujado por una persona que por ahora hemos sido incapaces de reconocer. Ha sido alrededor de las cinco de la madrugada. Han salido por un pasillo que da al aparcamiento y de ahí a la calle. Después vuestro hijo se ha levantado y ha echado a andar. El de la silla de ruedas parece que ha entrado en el hospital y después ha desaparecido. Solo hemos encontrado la silla de ruedas junto a uno de los ascensores.

—¿Quién le ha ayudado a escapar?

—No lo sabemos. Creemos que quizá ha engañado a alguien nuevo. Nadie le permitiría hacer eso a vuestro hijo —Pedro se echa hacia atrás en la silla, para tomar distancia—. Lo que es cierto es que estamos muy preocupados.

—¿Preocupados? —la madre se levanta mientras le dice—: Pedro, nuestro hijo se ha ido del hospital. Sabes que no puede salir de aquí. Que no hay otro sitio para él. No debimos dejarle solo...

—Entiendo lo que dices María. Es la primera vez que nos ocurre algo así. Lo sentimos mucho. No sé qué más decir. Lo que sí sabemos es que debemos darnos prisa en encontrar a Luis. No hay mucho tiempo. Necesita asistencia médica de forma precoz antes de que sea demasiado tarde.

María y Fernando se miran. Ella se sienta de nuevo y sitúa una de sus manos entre las de Fernando.

—¿Demasiado tarde para qué? —dice María sin mirar al médico—. Pedro, tú sabes que para nuestro hijo es demasiado tarde para casi todo.

El silencio.

De nuevo el silencio se aparece como humo que todo lo envuelve. Y engulle a las tres personas en la consulta.

Silencio para los padres, callados y mirándose, sabiendo que su hijo se ha ido porque le dejaron solo. Ellos se fueron, casi le dejaron marchar.

Silencio para Pedro, que mira a Fernando y a María y siente que ya no le quedan demasiadas palabras. O tal vez le queden esas palabras huecas que de vez en cuando se caen de la boca cuando no tenemos nada que aportar.

El silencio que lo envuelve todo y le quita la máscara a la verdad. Porque todos saben que no hacen falta palabras cuando todo se ha contado ya.

—Entiendo lo que dices, Fernando, pero vuestro hijo va a necesitar ayuda en no mucho tiempo. Necesita que le encontremos y necesita que le proporcionemos los cuidados que va a requerir en los próximos días.

Los padres ya no se cogen de la mano. Caen por una

espiral oscura desde la que escuchan lejana la voz de Pedro. No interpretan lo que intenta explicarles porque no lo necesitan. En esa espiral todo se entiende. La puerta se abre bruscamente y ambos regresan, entumecidos, y ven entrar a una de las doctoras que se cruzaron en la escalera. Ella les observa y entiende lo que está pasando, aún es joven, pero con un par de conversaciones como la que flota en esa consulta un residente aprende a interpretar más que a preguntar. Después rodea la mesa y se sitúa junto a Pedro. Él la escucha atento y termina por llevarse las manos a la frente. Después mira a los padres.

—También han desaparecido fármacos, y puede que hayamos descubierto quién le ha ayudado. Es posible que ahora esté con él —dice antes de dar un golpe al dejar caer su fonendo en la mesa.

Campamento, un lugar en el sur
6 de junio de 2018

—Lo primero que hacen es ponerte la medicación por una de las venas. Al principio es una vía normal, parecida a lo de los análisis de sangre. Suelen preferir cogerla en una de las grandes venas que tienen los brazos. Eso lo utilizan durante un tiempo. De ahí te sacan la sangre y por ahí te ponen las primeras medicaciones. Si se estropea ellos dicen que es porque se ha quemado. «Se quema la vía» dicen. A mí me pasó varias veces, al estar la enfermedad avanzada tenían que ir rápido con la medicación. Tenían que empezar cuanto antes con las drogas que me iban a meter. La medicación que te ponen es como si te cayera una tonelada encima. Un peso desde la nuca hasta los pies. Me encontraba bien, tenía dolores y algo de cansancio, pero me encontraba bastante bien. Eso antes de empezar. Flipé un poco. Después, con el tratamiento en marcha, sentía el brazo como si tuviera fuego por dentro. Imagina que te están llenando de corcho las venas, pues es un poco esa sensación. Te quema y te llena de corcho y encima no se detiene. Es algo que empieza y que sabes que vas a recibir durante varios días durante muchas horas con ese peso que tienes encima. No te puedes mover, no puedes ir a ningún sitio. Te fallan las fuerzas y pierdes el apetito. Todo te huele mal y todo lo que te ofrecen para que te lo metas en la boca empieza a saberte a cosas como acero o yeso o como si estuvieras comiendo una especie de papel. No eres capaz de tragar, te quedas sin saliva. La gente a tu alrededor diciendo que tienes que comer y tú pensando que para qué vas a comer plástico. Que se lo coman ellos. Los párpados te pesan igual que el resto del cuerpo. Una cosa curiosa que recuerdo de los primeros días es la forma en que comencé a escuchar a la gente de alrededor cuando me ingresaron. Como si estuviera debajo del agua. Todo para mí eran murmullos. Estaba, pero no estaba. Me encapsulé o algo así. Palabras inconexas, me llevaban de un sitio a otro en el hospital para hacerme pruebas y yo era incapaz de localizarme. Sí recuerdo a mis padres detrás acompañándome. Sobre todo, a mi madre. Hostia, que mal disimula mi madre. Mi madre tenía la mirada más triste que puede tener una madre. Te aseguro que sé lo que digo porque he visto a muchas madres después. Soy bastante observador, no te rías, y se me da bien mirar a la gente, o eso creo. Vaya historia que te estoy cascando, pero tú lo has querido. Con la medicación me encontré fatal, enfermo antes de estar enfermo. Después del corcho era como si me deshiciera por dentro. Comenzó a quemarme la nariz, comenzó a quemarme el cuerpo. Luego empezó la diarrea y la fiebre. No podía tragar, me quemaba desde la lengua hasta el culo. Me pusieron más medicación, pero no para tratar la enfermedad sino para tratar las complicaciones del tratamiento. Es que les cuesta muy poco seguir poniendo cosas. Siempre tienen un algo para lo que sea. Sacan la libreta o miran el móvil y tiran. Se van sumando cosas y unos días después llegan más pruebas para ver si has respondido al tratamiento. Esas primeras semanas son un tormento que no le deseo a nadie. Pero con el tiempo son las mejores, porque piensas que si falla algo siempre habrá una segunda opción. Empezar es lo mejor. Luego tuve dolor. Aunque no era dolor exactamente. El dolor típico es otra cosa, eso era una sensación que no era capaz de explicar. Y mira que me han preguntado sobre el dolor en el hospital, pero lo que sientes es que te estás rompiendo y te rompen porque están intentando reconstruirte. Yo pensaba mucho en cenizas. Soy un poeta. Una vez que vieron la respuesta al tratamiento lo que hicieron fue modificarlo. Ahí ya tenía la cosa esta que llevo en el pecho, una vía directa al corazón. Eso hace que no me tengan que pinchar, me ponen aquí una aguja pequeña y por ahí pasan la medicación. Parece que han pasado siglos. Una de las cosas que les dije a mis padres cuando entré fue que quería tener dos teléfonos. Un teléfono para los temas del hospital y un teléfono para fuera. El teléfono de cosas de fuera es en el que están todos mis amigos, las redes sociales y el que uso para casi todo. Las series de televisión, por ejemplo, o donde puedo ver mis películas o los deportes. En el otro están mis padres. Mi madre y mi padre, solo ellos dos tienen ese número. Ahí llamo cuando hay algo que me preocupa. Puede que te parezca una tontería, pero me ayuda un poco tener como dos mundos. El caso es que una vez que me pusieron la cosa esta en el pecho fue más sencillo recibir la medicación. Seguía convirtiéndome en corcho y quemándome, me sentía una especie de muñeco. Pero al menos ya no tenían que pincharme y no sentía que mis brazos se convertían en dos instrumentos de los cuales sacar cosas o meter cosas como si yo fuera parte de un experimento. Y eso es un poco todo. Este viaje es un descanso hasta la siguiente evaluación. Vacaciones. No me mires así. Me has pedido que te contara lo que me pasa y ahí lo tienes. Es un resumen, tampoco me quiero poner en plan intenso. Ahora te toca a ti. Ese era el trato, ahora en función de lo que me cuentes quizá te hago sitio en un teléfono de los dos.

Madrid
22 de agosto de 2019

Los dos corren.

En realidad, uno de ellos lo hace y el otro lo siente.

Lo único que puede lograr es caminar lentamente, mover el cuerpo como si fuera andando deprisa, pero por dentro va la emoción de sentir que por fin avanza. Lleva una gorra en la cabeza y observa a unos metros a su compañero. Ha dejado la muleta en el hospital porque no quiere que le haga de ancla. Es imposible decir cuál de los dos está más agitado.

Tras unas horas en la casa de Diego, el joven que cojea ha entendido que la soledad también sabe vestirse de médico. Esperó en el sofá y cuando llegó Diego solo tuvo que escuchar su voz, mientras dormitaba, para entender que el residente tenía prisa por empezar. Nada une más que escapar de algo, de lo que sea.

—Venga, que nos vamos.

El sitio al que debían llegar apenas estaba a unos metros del portal. El objetivo inicial, y fundamental, era no llamar la atención de la gente.

—Hay que ser invisibles.

—Diego, vas a ir andando al lado de un chaval cojo y calvo. No sé qué entiendes tú por ser invisible, pero a mí me van a mirar mucho. Más que a invisible llego a pálido.

—Pues ponte la gorra —dice mientras se gira para mirarle—. Así a lo mejor logramos que solo parezcas cojo.

Los dos corren, la persona agitada delante y la sombra rota detrás. Por su puesto llaman la atención de la gente, son interpretados como una extraña pareja que termina por detenerse junto a un coche verde, de ruedas negras y con techo solar. Es un modelo antiguo que desentona con el resto de coches grandes y de colores brillantes que llenan la calle. Aun sin ser demasiado viejo, queda como el adoquín que no han puesto bien en el suelo y rompe un patrón.

—Venga, date prisa.

—Voy corriendo, aunque tú y el resto de los que nos miran creáis que voy andando.

—Cuanto más tardes, más nos miran. Espero que hayas

andado más rápido esta noche cuando te he dejado fuera del hospital.

—Es que entre que era de noche e iba emocionado no tenía dolor, era como un ninja pero en raro. Por suerte no vives muy lejos y se me ha hecho hasta corto. —Se detiene un segundo a tomar aire—. Si quieres haz algo tú ahora para despistar a los que miran. No sé, recétales cosas, que se te da bien —comenta Luis entre resuellos.

Diego, negando con la cabeza, abre el maletero del coche. Deja la bolsa en el interior con cuidado mientras aprovecha para echar un vistazo dentro y comprobar que no se ha roto nada. En el tiempo que ha estado en casa ha cogido un par de táperes para separar ampollas de pastillas. También ha metido unas cuantas agujas y sistemas de suero por si fuera necesario aplicar de forma intravenosa la medicación. Cierra con fuerza y echa un vistazo a su pequeño vehículo de tres puertas. Hasta ahora le ha servido para ir de un sitio a otro como el que hace un trámite. Desde ahora tendrá que permitirle hacer algo que parece más importante.

El vehículo arranca con una tos. La obsolescencia ha pasado de largo en todos sus circuitos, como si no le mereciera la pena perder el tiempo en algo que siempre parece al borde de romperse. Como Diego dice a veces a su madre por teléfono, a ese coche la ITV le sale siempre a devolver.

Diego levanta la cabeza para observar cómo Luis se

aproxima lentamente al asiento del copiloto. Con la gorra puesta y sudando, con el calor de agosto sometiéndole a un esfuerzo inevitable y necesario. Diego se detiene a mirar sus piernas. Blancas y limpias, surgiendo del pantalón corto que ha decidido ponerse. Las dos rodillas como un par de nudos, muy grandes en comparación con el resto. La pierna derecha y la izquierda, tac, tac, en un baile que le lleva hasta quedar junto a la puerta.

—Voy a necesitar que me eches una mano —suelta Luis.

Diego sale del coche y se acerca hasta él. No sabe muy bien qué hacer, a un médico le quitas la bata y el contexto y puede que se le caigan los argumentos para entender cómo se ayuda. Luis le observa divertido mientras abre la puerta para dejarla completamente de par en par. Después de un paso corto, se sitúa de espaldas a Diego y cierra su mano derecha sobre el antebrazo. Diego no se mueve y se siente un objeto viendo a un elemento frágil mientras se pliega. Como si todo crujiera en ese cuerpo que tiene delante. Percibe que el cuerpo entero se sostiene por esos dedos finos que se cierran sobre su brazo. Luis se deja caer despacio sobre la silla del copiloto, con las dos piernas fuera del coche aún. Levanta la mirada y señala con los ojos hacia sus piernas y a Diego, y este entiende que debe tomarlas con cuidado llevarlas al interior del vehículo. Para que caigan delante y reposen. Ambos resoplan y sonríen. Definitivamente la carga más compleja en el vehículo no es la culpa por hacer algo prohibido. Diego y Luis lo saben, y es por eso por lo que Luis mira al frente rápidamente, como si ya estuviera lamiendo kilómetros.

—Y no queríamos llamar la atención —masculla Diego mientras cierra.

Después cruza por delante y alcanza el asiento del conductor. Siente cansancio. Se han marchado apenas ha llegado a casa desde el hospital, sin tiempo para descansar después de la guardia. Sabe que nunca ha conducido tras haber pasado un día entero sin cerrar los párpados. Ha dormido mal antes de ayudar a Luis con la huida y después de esconder las pruebas en forma de silla de ruedas. Tiene un agotamiento capicúa en la cabeza. Coge el teléfono móvil de su bolsillo y pulsa con el dedo en el navegador que aparece en pantalla... Luis no deja de mirar al frente mientras su compañero comprueba que la ruta es correcta y sitúa el teléfono junto a la radio. En una especie de ancla magnética donde un pequeño icono de forma triangular les indica hacia dónde deben ir.

—Eso no te hace falta —dice Luis.

—¿Cómo?

—Que no te hace falta, yo te llevo, no te preocupes. Te hago yo de navegador —continúa mientras coge el teléfono de Diego—. No quiero que nadie interrumpa.

Diego guarda el teléfono en su bolsillo. Cada vez se hace más grande la sensación de incoherencia, como si los actos, uno a uno, fueran puntos que una vez unidos lo condujeran arrepentirse de todo.

El coche se mueve, con el carraspeo del que se despierta tras un largo sueño. Luis, aún con la capucha sobre la cabeza, baja la ventanilla. Y percibe primero el ruido y después el temblor producido al desplazarse. Su mejilla derecha se deja acariciar por el aire que entra en el coche. Puede ver cómo las tiendas, los portales y la gente pasan rápido. Se quedan atrás. Piensa que son muchas las calles por las que nunca ha podido pasear. Se detienen en un semáforo y observa pasar a tres de niños junto a sus padres. Parecen hermanos. El mayor con gafas, el mediano rubio y el pequeño con el pelo oscuro y la voz de pito. Felicidad. Los tres sonríen mientras sus padres, él con barba y ella de ojos verdes y pelo rizado, caminan detrás hablando de cosas importantes sin importancia. Porque saben que lo imprescindible, y eso lo percibe Luis, es lo que tienen delante jugando entre ellos compartiendo sonrisas que no entienden de hipotecas.

El semáforo pasa a verde y giran a la izquierda. Y allí entran en una calle ancha que tiene a un lado un parque repleto de árboles y al otro edificios señoriales que terminan por precipitarse en otro más pequeño, de ladrillo marrón. Un paréntesis en el centro de una ciudad a veces gris y que sabe mucho de ruido. El hospital. Su hospital. De nuevo una luz roja les detiene, y tanto Luis como Diego observan esa construcción en la que han agotado muchos de sus días durante los últimos años. Los dos habitantes del mismo planeta con olor a limpio. El uno preso y el otro invitado voluntario a presenciar todas las fiestas ajenas, independientemente de si terminan bien o mal. Los dos sonríen sin mirarse el uno al otro. Comparten el gesto, como el que se despide de un amigo con la sensación de haber cumplido.

El semáforo cambia a verde y el coche al arrancar regala humo negro al medio ambiente. La ventanilla bajada y el aire, los pitidos, un frenazo y los ojos de un grupo de personas mirando a Luis desde el interior de un autobús de color azul. Todo ello hasta llegar a una rotonda que se precipita en una señal azul con borde blanco que da pistas sobre el sitio al que se dirigen. Diego siente un malestar en el estómago y Luis se convence de que la cosa va en serio mientras percibe en una de sus piernas un ligero dolor que se mezcla con presión en el pecho. Unos metros después el vehículo acelera y él cierra la ventanilla. Ahora las casas pasan más rápido y les rodean varios carriles. Se diluyen entre el metal de otros medios de transporte al tiempo que se mezclan con el sonido de la gente que se mueve y cambia de sitio. Luis cierra los ojos, con sensación de misión cumplida. Diego se aferra al volante mientras no para de repetirse que lo que está haciendo está bien, que no hay que darle más vueltas. Se miente fatal en cada cambio de marcha. En una recta aprovecha para mirar a Luis y observa su rostro tranquilo bañado por el sol.

—Nos vamos —advierte Diego.

Ruido de motor, edificios que dejan paso a quitamiedos y alrededor los infinitos efectos especiales que suelen habitar en una carretera. Abandonan la ciudad.

—Ya queda menos —murmura Luis.

Madrid

12 de abril de 2018

La habitación está a oscuras. Ha llamado un par de veces y quizá debería haber esperado a que le respondieran. La prisa y los nervios se han dado la mano para que empujara hacia dentro. Ahora está en penumbra, con dos camas vacías delante y la incomodidad de no saber si está interrumpiendo algo.

—Joder —a su derecha se abre una luz acompañada por el ruido de una cisterna vaciándose—. Anda que esperáis.

—Perdona —dice Diego dando un paso atrás.

La voz surge de una sombra que desde su derecha camina despacio hasta la cama. Se sienta en el borde y, con cierta dificultad, extiende las dos piernas sobre el colchón.

Después se gira para coger un teléfono móvil que descansa sobre una pequeña mesa de madera. Diego se percata de que tiene otro al lado, también encendido. El chaval toma unos cascos que estaban junto a la almohada y se los pone. A continuación, ignorándole completamente, comienza a tocar la pantalla, que ilumina su rostro. Diego siente haber profanado un espacio al que no estaba invitado. No ha sido la mejor manera de presentarse a un paciente y sin duda Pedro, su adjunto responsable, no va a quedar muy contento con esa forma de hacer las cosas. Como siempre le dice, hay que conocer a la persona antes que al paciente, y es muy importante no olvidar su nombre. Aunque no esté allí, su ascendente sobre Diego le hace sentir que por encima de él quedan dos ojos que se van a dar cuenta de lo que ha hecho mal. ¿Cómo se sale de una situación como esa? Diego es un explorador que no sabe de mapas y parece que se le acaba de ofrecer una ruta compleja. El paciente, un adolescente sin pelo que tiene unos cascos enormes sobre sus orejas, le ignora prestándole su cuerpo mientras se mantiene lejos de allí gracias al sonido de lo que parece ser música.

—Perdona —Diego decide acercarse a la cama—. Perdona —repite mientras le toca un pie sintiéndose ridículo en el momento en el que lo hace.

—Dime —el paciente levanta los ojos y se quita los cascos.

—Hola, me llamo Diego, soy residente de pediatría.

—Pues estupendo, lo pone en la tarjeta que llevas colgada del cuello.

Diego toca el pedazo de plástico y sonríe. Esa tarjeta debe estar visible siempre y ahora le hace sentir como un estúpido con etiqueta.

—Eres observador.

—Eso parece, ¿qué quieres?

—Voy a comenzar a rotar por este servicio y Pedro me dijo que estaría bien que me fuera presentando a los pacientes y a las familias.

—Guay.

—Por eso estoy aquí —Diego hace una pausa mientras piensa que si aquella conversación fuera un charco, él no lleva botas de agua y está metido hasta las rodillas—. ¿Por qué tienes la persiana bajada?

—Para que haya menos luz.

—Entiendo, pero con el buen día que hace fuera no está de más dejar que entre el sol por la ventana —según termina de decir la frase, Diego entiende que está sumando estupideces y que el orden de los factores de esa conversación dará como producto sentirse cada vez más ridículo.

—No me gusta mucho mirar por la ventana, conozco de memoria el paisaje y me sobran un poco las personas de fuera. Demasiados desconocidos sonriendo.

—Vaya.

Diego busca alrededor, intenta encontrar un recurso que le permita salir del fango en el que se encuentra. Como si se estuviera hundiendo y necesitara echar la mano a una superficie fija. Entonces observa el teléfono que tiene en la mano. Intuye en la pantalla una aplicación de reproducción de música y decide que si la conversación es un disparo puede que ahí tenga su última bala.

—¿Qué escuchas?

—Música.

—Menos mal, pensaba que era un audiolibro —por primera vez consigue que el paciente sonría—. ¿Qué tipo de música?

—Así, en general.

—Tus respuestas son como la habitación, están llenas de sombras. Quizá coincidamos en los gustos.

—No lo creo.

—Yo tampoco —de nuevo obtiene una sonrisa. Diego está remontando lentamente la conversación. El agua agobia menos y la orilla queda más cerca que hace un rato.

—A ver —dice el paciente mientras le enseña la pantalla del móvil—. Estoy preparando una lista de canciones porque en unos meses tenemos un viaje.

—Hostia, muy bueno.

—Los del hospital, es decir, los que vamos a ir al viaje siendo clientes de tu chiringuito, hemos quedado en que yo me encargo. Así que me bajo la persiana, me pongo los cascos y me dedico a buscar canciones para el viaje. A veces también voy al baño, como has podido comprobar cuando has entrado.

—Entiendo. Me parece una idea estupenda. Espero que incluyas canciones alegres. Con el rollo oscuro este que pareces cultivar quizá más que una lista de canciones te salga una condena musical.

Diego observa al chaval. Con lo último que ha dicho ha hecho un órdago a la relación de confianza que aparentemente está comenzando.

—Tranquilo, las canciones de llorar las dejo solo para cuando leo vuestros informes.

Los dos sonríen y se dan la mano.

—Bueno —dice Diego—. Después de esta presentación tan estupenda que he realizado creo que te voy a dejar tranquilo.

—Me parece bien y te lo voy a agradecer. La próxima vez que vaya al baño te aviso.

—Estupendo, no está de más volver a oír cómo suena tu cisterna.

Diego se da la vuelta para alcanzar la puerta de la habitación. Cuando llega a la puerta se da cuenta de que tiene un cartel pegado. En él se invita a los pacientes a apuntarse a una lista para ir a un campamento. Será en el sur, un par de fotos muestran unas enormes cabañas de madera rodeadas por árboles. En mayúsculas se pueden leer las palabras

PLAYA, EXCURSIONES y VERANO. Diego entiende que ese sea probablemente el viaje para el que está preparando las canciones. Pone su mano sobre el pomo de la puerta y antes de salir se gira.

—Una pregunta, ¿este es el viaje? —dice mientras señala.

—Sí, ese es —el chaval hace una pausa—. Te puedes venir si quieres, están buscando monitores y al parecer los residentes supergraciosos son buenos candidatos.

—Me da un poco de pereza, la verdad —reconoce Diego—. ¿Con quién hay que hablar?

—Una de las enfermeras de la planta ha ido ya varios años, pregúntale a ella.

—Lo pensaré —Diego hace una pausa—. Lo que si voy a hacer es recomendarte una canción para tu lista. Así, si no voy yo, por lo menos va ella.

—Será si me gusta.

—También es verdad.

—Dime cuál es, que la busco.

—Es de Manuel Carrasco.

—Hostia, ese es de Operación Triunfo, qué pereza.

—Bueno, tú escúchala, se titula «Qué bonito es querer».

—Suena a melancólica.

—Cuando la escuches me dices qué te parece.

—Perezón, pero de acuerdo.

Diego abre la puerta para salir al pasillo del hospital. Antes de cerrar se gira de nuevo y observa cómo el chaval se ha puesto los cascos y ha cerrado los ojos para escuchar lo que ahora es propiedad de sus tímpanos. Como si ya no estuviera allí. Diego se pregunta si está escuchando la canción que le ha recomendado, es como si estuviera presentándose a un examen, pero rodeado de notas musicales. Se mantiene unos segundos así hasta que regresa al ajetreo de la gente que va y viene a su alrededor. Después cierra con cuidado y repasa el nombre del paciente en una nota que lleva en el bolsillo de la bata.

Luis.

No se le puede olvidar.

Madrid

22 de agosto de 2019

No encienden las luces. Mejor ir a oscuras, porque hacerlo así es lo coherente para lo que viven. Avanzan por el pasillo hasta llegar al salón que toma prestada la iluminación de la calle para dejar vista la silueta de los muebles. Las fotos en la pared y el espejo solo pueden presumir de marco. Se sientan sin quitarse el abrigo. Caen juntos en el sofá y en ese absurdo a oscuras la televisión pide su atención a pesar de estar apagada. Se lleva sus ojos y los atrapa para dejar que se pierdan entre ideas y recuerdos que se anudan en su cabeza. Él se inclina y atrapa su rostro entre la palma de sus manos. Se captura a sí mismo, como si quisiera que lo que piensa no encontrara forma de escapar. Lo que no se dice o se repite no existe, no está. Pero no puede dejar de pensar en cómo se les ha ido a la mierda todo lo que no importa. Con lo bien que se estaba ahí sin saberlo. Y una y otra vez la palabra «cáncer» cruje en su cabeza, haciendo presión detrás de sus ojos. Tanto que se levanta bruscamente y se dirige con pasos rápidos a la cocina. Allí golpea con el puño el interruptor y todo es blanco. Sus pupilas se contraen hasta que llega a la nevera donde busca en el fondo de la última balda una botella de cerveza. La sujeta con fuerza y retira la chapa, que cae al suelo tintineando. Bebe un trago largo que hace que le suba y le baje la nuez. Como ahogándose desde dentro. Hasta que para de beber y retira una silla de madera donde se diluye. Mirando al frente, sin decir nada, sus ojos ya libres se llenan de pequeñas gotas que se hacen lágrima buscando escapar a su rostro. Llora impotente por lo que no hizo, por lo que no sabe y por lo que no puede hacer.

Mientras, en el salón, ella se mira las manos en la oscuridad. Buscando las señales que le permitan no perderse. Indagando en los surcos de unas manos que han acariciado a su hijo menos de lo que debían, manos que no saben ya dónde están todos esos momentos vividos. ¿Para qué sirve sentir si con lo que sientes se ha ido? Levanta la mirada hacia la cocina, allí ve la silueta de su marido. Bebiendo y disimulando. Como aquella vez cuando le dijo que no quería salir con él, como aquella vez en el pasillo del hospital el primer día de los últimos días que le importan. Después mira el televisor apagado y en la pantalla ya puede adivinar su reflejo. Su retina se ha adaptado a la ausencia de luz y ahí está ella siendo la única noticia del día. Piensa que no puede quedarse así. Inmóvil, dejando que sea el teléfono y la voz de otra persona quien le diga dónde está su hijo. Así que se levanta y regresa a la entrada, despacio para avanzar hacia la puerta de su habitación.

Enciende la luz del cuarto y descubre que los objetos duelen. Permanece unos segundos en la puerta, sin moverse. Observa la cama sin deshacer, con un par de cojines encima. Mira el escritorio con los libros de texto apilados y un par de cuadernos en blanco. Encima la estantería con unas cuantas novelas, muchos cómics y varios muñecos de vinilo componiendo un diorama. Admira el bodegón que ha quedado a la espera de seguir siendo parte de algo. Abandonados y sin dueño, objetos vacíos que descansan en una pausa terrible.

Tras un par de minutos entra. Astronauta que deja de respirar porque ahora es el olor el que se ocupa de hacer difícil dar pasos. Siente un ligero mareo e inspira lentamente, impregnada por lo que no se puede ver. Se acerca al armario. Sabe que no va a ser capaz de abrirlo, porque no puede. La ropa es una cicatriz que nunca se cerrará, hay heridas cuya sangre se ignora mejor si no se ve. Caerán las hojas del calendario y todo lo que cuelga de las perchas se convierte en amenaza por el vacío que vendrá. Entonces queda frente a lo que hay sobre las puertas de madera.

Fotografías.

Imágenes que de arriba hacia abajo forman la hoja de ruta de la vida de su hijo. Ahí está él, lo que fue y lo que es, también se insinúa lo que no será. Y desde un nudo que quema comienza a mirarlas una a una. Desde que era un bebé hasta sus primeros pasos. Un par de cumpleaños, el primer día de colegio, el equipo de fútbol y aquella excursión a la granja con el colegio. La primera noche que dormía fuera, la primera noche que no estuvo con ella para que le contara sus miedos. Un par de veranos en la playa, la fiesta de sus primos, la boda de su tía y el último partido de fútbol celebrado semanas antes de que tuvieran que llamar a la ambulancia. Acaricia las imágenes con los ojos y extiende la mano derecha como queriendo tocar cada instante capturado. Piensa en su hijo, en el lugar en el que estará y qué sentirá. Su hijo ha decidido marcharse antes de marcharse y ella solo puede mirar las fotografías. Las saborea una a una hasta llegar a la última. Y es ahí cuando el nudo que se hizo antes se aprieta un poco más. Es la fotografía de su último viaje. Está descolgada por una de las esquinas. María la recoloca antes de analizarla. En ella aparece tal y como es ahora. Tan mayor y tan joven, dueño de una sabiduría distinta. Puede ver en la imagen a su hijo, cómo sonríe y el modo en que no mira a cámara. Entonces lo entiende y con cuidado retira el celo que pega la imagen a la madera. La observa de cerca y le da la vuelta.

Sale de la habitación dejando la luz encendida. Regresa al salón y desde ahí va hasta la cocina, donde su marido ya tiene un número impar de botellines delante. Sigue llorando y ella no puede reprimir una sonrisa al verle. Él no entiende nada y cuando va a dar un trago para digerir esa sensación ella detiene su brazo. Se sienta junto a él y deja que sus dedos se entrelacen. Se miran el uno al otro mientras María pone sobre el mantel la imagen que ha tomado del cuarto.

—Fernando, sé dónde debemos ir.

En la carretera
22 de agosto de 2019

La ciudad ha desaparecido dejando atrás un par de atascos, un frenazo en seco y los gritos a un conductor que cruzó de un lado a otro sin poner los intermitentes. Apenas se han dirigido la palabra. Diego está preocupado por no cometer ningún error y Luis observa todo como si no hubiera visto nunca nada de lo que tiene alrededor. Algunas cosas las reconoce, otras las descubre nuevas o le sorprenden. No quiere dejarse nada, sus pupilas se baten de un extremo a otro. Sin pestañear.

Cuando la cantidad de vehículos ha disminuido, la carretera queda limpia de los que se mueven por trabajo u obligación. Una vez desaparece la influencia de la gran urbe solo se desplazan aquellos que tienen motivos más allá de cambiar de sitio. Adelantan camiones de transporte saltando al carril izquierdo y después al derecho hasta recuperar la monotonía, a la espera del siguiente adelantamiento. Diego piensa en lo que queda por delante. No podrán hacer todo el camino en un solo día. Mira un instante a Luis y se reafirma en la idea. Tendrán que hacer al menos una parada para dormir. Sabe que Luis quiere llegar cuanto antes, pero es más seguro así. Entretanto, la carretera va tranquilizándole, la repetición de líneas blancas y las suaves curvas a izquierda y a derecha le permiten recuperar la sensación de control. Le gusta el tacto del volante, le trae recuerdos. Justo sobre el indicador de velocidad puede ver la marca que le hizo su padre encima del ciento veinte. *De ahí no pases mucho, que por encima solo hay gritos y accidentes.* Inconscientemente levanta el pie del acelerador y hace que la flecha retroceda unos milímetros. Para volver a situarse sobre el número cien, para que su padre no venga a echarle la bronca en forma de recuerdo.

—¿Te importa que ponga música? —dice Luis sin retirar la mirada de la ventanilla.

Diego se sobresalta, pero no pierde de vista la carretera, asiente con la cabeza. Luis enciende la radio.

—A ver si tenemos suerte con lo que suena.

Diego asiente e instantes después comienza la música. Los dos guardan silencio y la letra de la primera canción empieza a dar la conversación que ellos no se permiten.

La carretera continúa deslizándose bajo las ruedas. Detrás, como si se deslizara por una pendiente, queda un vacío en el retrovisor. Diego se acusa de pensar así pero no puede evitarlo, sin duda el asfalto que se pierde y no volverá es una forma de ver el viaje para uno de los dos. No hay regreso. Se pregunta si eso es justo para los padres de Luis y si ayudarle a quemar la carretera será permitir un acto de egoísmo. Hay muchos errores cometidos por creer que se hace lo mejor en primera persona.

Mira su reloj y observa de nuevo a Luis, que sigue callado. Respira despacio y no para de acariciarse la rodilla derecha. En un acto inconsciente, con ese gesto Luis intenta que las fibras nerviosas que se encargan de la sensibilidad de su mano impidan que se transmita de forma efectiva el dolor desde su pierna. El dolor y la capacidad de sentir comparten trayecto. En esa ruta el dolor siempre va más despacio, como una pesada carga que se ve adelantada por lo que nos da placer o nos hace disfrutar. Pero siempre avanza, sordo, y aunque por momentos se deje quitar el sitio, sabe que para llegar solo hace falta paciencia. El dolor es la paciencia de lo que no nos gusta, es la amarga derrota que siempre nos alcanza. Nos pone frontera. Y Luis no deja de tocarse la rodilla porque hay dolor constante que ya no puede ser contenido y se vierte por todas sus fibras nerviosas a pesar de que su mano hace un esfuerzo por no dejarle pasar.

—¿No vas a decir nada? —pregunta Luis.

—Me has pillado pensando —dice Diego—, la verdad es que no tengo mucho que decir salvo que hay que ir pensando en hacer una parada. No te veo muy bien.

—Eres médico, tan solo eres capaz de verme enfermo.

—A ver, chaval, que estoy en el coche un día de agosto haciéndote un favor y jugándome la profesión. No hagas que me arrepienta cada vez que abres la boca.

—Lo siento —se arrepiente Luis.

—Pues a ver si se nota un poco a partir de ahora. —Diego hace una pausa—. Lo dicho, hay que ir pensando en hacer una parada.

—Lo que usted diga señor que manda.

Luis continúa mirando por la ventanilla. Desde que se ha encendido el motor siente que se escapa, huye. Esa percepción se ha hecho un espacio en su estómago y en su nuca. Habita un vacío que se hace más grande con los kilómetros. Como si estuviera cayendo constantemente. También siente el regocijo de la venganza, de estar cobrándose una deuda que ya pensaba perdida. Demasiado tiempo libre en el interior del hospital. Demasiados días de no hacer nada mientras esperaba que lo que estaba recibiendo, el tratamiento, hiciera su trabajo. La monotonía del enfermo que se deja hacer. Por todo eso Luis se repite que lo que hace es justo, al menos para él. No quiere pensar mucho en Diego. Si piensa en él, a todo lo anterior se añade la culpa. Sabe que el viaje tendrá consecuencias distintas para los dos. Luis ya tiene amortizada la vida, pero Diego se acaba de poner encima de los hombros una deuda que quizá no pueda pagar nunca. Con cada metro que dejan atrás sabe que Diego genera una carga cada vez mayor con sus pacientes, con sus compañeros, con sus jefes y con su futuro. Quizá Diego encuentre cierto consuelo hablando. Mejor fuera que dentro, como le han dicho los psicólogos a Luis. Como si decir lo que te pasa cuando estás calvo, delgado, cojo y sin poder moverte de la cama fuera a cambiar algo. Como si no fueran suficientes pistas ir vestido de enfermo por la vida para encima tener que confirmarlo con las palabras.

—¿Qué piensas? —suelta Diego.

—No pensaba en nada —miente Luis al tiempo que baja el volumen de la música—. Estaba mirando por la ventanilla e intentando memorizar lo que vamos dejando atrás. Este camino lo he hecho muchas veces con mis padres. Al sitio al que vamos no he ido nunca, pero comparte kilómetros y paisaje con la carretera que lleva al pueblo de mi madre.

—Entonces sabrás dónde podemos parar, me dijiste hace un rato que tú ibas a ser mi navegador. El navegador humano.

—No te preocupes. Para comer no tengo ni idea, pero sí que hay unos cuantos sitios en los que quiero detenerme. Lo que sí te puedo decir es que a donde vamos no necesitamos bañador. Este viaje, en condiciones normales se puede hacer del tirón sin problemas, pero las condiciones muy normales no son.

—En eso estoy de acuerdo, estas condiciones muy normales no son —sonríe Diego.

—Ya —dice Luis señalando por la ventanilla—. Fíjate que esta zona la he visto mogollón de veces desde pequeño. Es curioso porque hay muchas cosas de las que no me había dado cuenta. Es como si se me hubiera borrado la memoria o lo estuviera descubriendo de nuevo otra vez. La enfermedad de mierda esta, si una cosa hace es eso, te da unas ansias terribles de guardar en la memoria, y encima de hacerlo con detalle. Para que nada se escape. A veces pienso que lo suyo es que siempre deberíamos vivir así.

—Llevas razón, pero quizá esa intensidad nos terminaría agotando. —Diego cambia de carril para adelantar a otro camión.

—De recordar las cosas yo creo que no te cansas nunca, ya sean buenas o malas.

Luis hace una pausa, y sin dejar de mirar por la ventanilla acaricia un instante el cristal. Después sigue hablando.

—Quiero darte las gracias por lo que estás haciendo.

—No tienes que dármelas; bueno, en realidad sí, pero creo que es lo que debía hacer. O yo qué sé, tengo un lío. Ahora en lo que debemos pensar es dónde vamos a parar y luego dónde dormir. Aunque no te des cuenta, llevas un médico al lado y estás un poco jodido.

—En el hospital no utilizas esas expresiones.

—En el hospital no conduzco yo.

—También es verdad.

—Lo que tienes que intentar es no llamar demasiado la atención. Ya te lo dije antes. No quiero que nadie se fije mucho en nosotros.

—¿Cómo quieres que no llame la atención un adolescente calvo, pálido y que apenas puede moverse? Les puedes decir a todos que soy tu abuelo o algo.

—No sé. Quizá debemos decir que estás empezando el tratamiento y que te llevo a algún sitio a por algún fármaco novedoso.

—¿Empezando el tratamiento? Anda que no he oído yo veces ese argumento para probar cosas. Lo digo sin segundas. —Luis extiende una mano pidiendo perdón—. Me comprometo a no llamar demasiado la atención si tú te comprometes a conducir esta tartana con estilo. —Luis deja de hablar e inspira un par de veces, siente cierta presión en el pecho, como si estuviera saliendo del agua instantes antes de quedarse sin aire—. Tenemos que intentar llegar mañana, que tampoco está tan lejos el sitio.

—Lo sé, pero necesitas hacer pausas. Con lo que llevamos ahí detrás podemos apañarnos un poco. En el hospital tenías oxígeno y aquí no tenemos nada de eso. Solo un coche viejo, analgésicos, gasolina y muchos kilómetros por delante. O descansas un poco o no llegas a mañana —Diego se arrepiente de haber dicho esas últimas cuatro palabras.

—Se agradece la sinceridad, en el hospital tampoco eras tan claro.

—Lo siento, no me malinterpretes.

—No pasa nada. Aquí tenemos el horizonte y un montón de aire libre gratis. Por no hablar de la posibilidad de parar en cualquier momento y comprarnos una bolsa de patatas fritas sabor jamón. Cuando estábamos en el hospital no parabais de repetirles a mis padres que lo más importante era yo. Pues ahora lo que toca soy yo; además, seguro que se te ocurre algo. Eres un tipo listo, no dudo de que sabrás cómo apañártelas.

Diego se carcajea y enciende la música desde el volante. De ese modo da por terminada la conversación. Hasta ese momento su relación ha sido la de médico y paciente, y Diego no quiere seguir buceando en todos los cabos sueltos que los acompañan en el viaje.

El sol está perpendicular al suelo y los bares de carretera se llenan de camiones. Bajo los acordes de una canción comienza a escucharse el tono de llamada de un teléfono. Diego busca en su bolsillo y puede leer en la pantalla el nombre de una compañera del hospital. Entiende que ya habrán mirado las cámaras de vigilancia y habrán atado cabos. No hay vuelta atrás, tienen al desaparecido y al culpable de la desaparición. Pulsa un botón lateral del móvil y cuelga la llamada. Después tendrá que apagar el teléfono. A continuación, da el intermitente derecho y abandona la carretera por una vía de servicio hasta llegar a un restaurante de carretera. Tiene el aparcamiento lleno y una pequeña terraza bajo un tejadillo de uralita. Allí podrán sentarse sin llamar mucho la atención.

Detiene el coche haciendo que las ruedas mastiquen un par de piedras con la frenada. Diego se baja y cruza por delante hasta la puerta de Luis. Le ayuda a bajar y comprueba cuánto le cuesta ponerse de pie. Sobre la nariz de Luis una pequeña gota de sudor. Después coge una gorra y se la pone en la cabeza. Los dos andan despacio hasta una mesa libre y Luis se sienta de nuevo mirando hacia la carretera.

—¿Qué quieres comer?

—Una Coca Cola y una bolsa grande de patatas sabor jamón.

—¿Nada más?

—Es más de lo que como en el hospital.

Diego se aleja hacia el interior del bar y comprueba que varias personas se quedan mirando a Luis cuando pasan junto a él. Después va a la barra y pide un bocadillo, bebidas y las patatas. Intenta darse prisa para no dejarlo solo mucho tiempo. En cuanto le sirven paga la cuenta y regresa. Cuando se acerca comprueba que Luis está mirando el móvil. Deja las cosas sobre la mesa, va hacia el maletero del coche y coge un par de analgésicos para Luis. Después retira una silla y se sienta junto a él mientras le ofrece los fármacos y se señala debajo de la lengua para que los ponga ahí.

—Cuando terminemos de comer la siguiente parada va a ser esta —dice Luis señalando un punto en el mapa que aparece en la pantalla de su teléfono—. Tenemos que ir a ver a un tipo, será un momento, seguro que se alegra mucho de volverme a ver.

Campamento, un lugar en el sur
8 de junio de 2018

El sol golpea el agua y esta se mece tranquila. Podría ser aceite. De hecho, para ellos dos, aunque no lo verbalizan, es aceite. Calma y tranquilidad. Un sitio al que ir y una excusa para estar. Toca excursión en barca por el río hasta llegar al agua del mar. De la corriente pequeña hasta la inmensidad. Caminan el uno junto al otro, sin tocarse, pero tan cerca que para los monitores desde lejos parece que se dan la mano. Y estos sonríen, porque saben que se está vistiendo el tiempo para esos dos adolescentes.

Han desayunado juntos, disimulando desde el primer día que aquello es una casualidad. La ventana, el horizonte y el segundo vaso de leche. Nada más. Llegan hasta la zona en la que descansan las piraguas hasta quedar delante del montón de chalecos salvavidas. Todos naranjas y haciendo una montaña, como una pira. Alrededor el grupo de enfermos se mezcla con el de sanos. Hablan y se cuentan cosas, se ríen los unos de los otros mientras esperan la llegada de los monitores.

La enfermera se acerca y quita la tapa de una pequeña nevera.

—Nos tienen que dar las vitaminas —dice el más pequeño de los que no tienen pelo.

Los analgésicos van de una mano a otra y de cada mano a una boca distinta. Hay que evitar el dolor, porque el dolor es una forma de regresar al hospital. Si aparece se mete en sus cabezas y les rompe las sonrisas, les mancha el agua y les hace ver que ahí no hay sol que bañe nada. Por eso hay que tratarlo antes de que aparezca. Y todos se acercan a la enfermera para después regresar con su grupo o retomar la compañía de los que no saben todavía qué es eso de sentir que no puedes.

—Un día robamos esa nevera y nos damos una fiesta —comenta un chaval alto de piel morena.

—Una de estas te tumbaría —dice enseñando una pastilla uno de los que todavía llevan muletas—. Mejor no la robes, no vaya a ser que termine mal y te quedes sin fiesta.

Todos ríen y uno de los monitores toca el silbato.

—Venga, que se nos hace tarde, poneos por parejas.

La mezcla se rompe y los chavales se van acercando a sus colegas. Algunos se empujan, otros se miran y levantan las cejas. Los más tímidos esperan a que la mano de uno de los adultos los lleve hasta un compañero. De todos los que rodean la pira de chalecos solo hay dos que no se mueven. Muy cerca el uno del otro. Las manos a unos centímetros, sintiendo en el dorso el impulso de hacer que la distancia que los separa tienda a cero.

—Venga, coged un chaleco y un casco y para la piragua.

Una pequeña avalancha de cuerpos toma el material y se dirige hacia la orilla. Allí esperan las barcas, de colores distintos, con la parte delantera tocando el agua. Luis y Eva se mantienen quietos. Observan cómo se llena de gritos, cascos y ropa naranja el agua de ese minúsculo río que tienen delante. Se les rompe el aceite delante de los ojos. Después cogen cada uno un chaleco y buscan la última embarcación a la derecha. Pasan por delante de los monitores y Eva sonríe mientras Luis baja la cabeza. Se visten, se ponen los cascos y Eva se monta de un salto.

—Venga, empújala hasta el agua —le dice a Luis.

Luis no sabe si será capaz, pero aun así se agacha, con miedo de que el dolor vuelva, y comienza a empujar con las manos abiertas. Lentamente la piragua queda flotando y él se percata de que no podrá subir de un salto. De hecho, no sabe cómo podrá subir. Siente de repente que su cuerpo es rígido, que no tiene articulaciones y que eso hará que se quede en la orilla mientras Eva se marcha lejos, flotando hasta el mar. Como si fuera una metáfora de lo que siente cuando la mira desde el primer día que la tuvo delante, inalcanzable y lejana.

—Venga, dame la mano —dice Eva.

La ve sonriente y mecida suavemente por el movimiento del agua. Como en una ensoñación. Mira sus ojos, ligeramente cerrados. Sus pupilas pequeñas y negras, obligadas a quedarse así por la luz de la mañana. Su pelo y sus labios, sus manos.

—Vamos, pesado, que parece que no estás aquí.

Despierta y da un paso adelante para sentir que el agua ya le llega casi a las rodillas. Extiende el brazo derecho y cierra los dedos sobre el punto de apoyo que le ofrece Eva. Ella tira de él con fuerza y se siente arrastrado hasta la piragua, cayendo de bruces junto a ella. Sin dolor. Tan solo felicidad por estar cerca.

—Ahora siéntate en condiciones y vamos a darle ya a los remos, que nos saca todo el mundo un montón de ventaja.

Tras unos minutos durante los cuales no son capaces de coordinarse, comienzan a mover los brazos de forma adecuada. Tras, plas, tras, plas. Avanzan por el pequeño río dejando el campamento a un lado. La corriente les empuja y ya pueden ver al resto de compañeros, como pequeños puntos naranjas que se recortan delante. A los lados primero árboles, pequeños montículos de arena y después alguna que otra casa. A continuación, gente que sonríe, gente que va al trabajo y gente que va a la playa. Y ellos dos hablando en voz baja, de lo que ven y de lo que escuchan. Dejando pasar los minutos. Tras, plas, tras, plas. Como si hubieran hecho un trato y en esa piragua no hubiera más que ellos dos y todo lo que se tienen que contar. Luis observa el pelo de Eva y cómo se mueven sus hombros cuando se ríe. Luis mira a los lados y mira al cielo, cierra los ojos tomando aire fuerte y profundo. Huyendo. Casi ignorando el pinchazo en una de sus costillas. Inspirar y espirar como acto de rebeldía, como manera inequívoca de sentir que vivir es hacer las cosas sin pensar en lo que nos cuesta hacerlas.

Llegan al mar y las olas les obligan a remar con más fuerza. Siguen teniendo delante, ya más cerca, a sus compañeros. Deben girar hacia la izquierda para avanzar en paralelo a la línea de playa. Pueden ver varias cometas haciendo piruetas en el aire. Una de ellas tiene forma de dragón, con una gran cola roja que parece enrollarse y desenrollarse en cada giro. Un par de barcos hacen una postal en la distancia y el cielo azul y las gaviotas completan una imagen que les sabe a sal y a limpio.

Con esfuerzo alcanzan la orilla. Allí uno de los monitores les está esperando. Cuando están a unos metros les sonríe y señala con el dedo índice el reloj.

—Os lo habéis tomado con calma, tortolitos.

Luis y Eva se ruborizan mientras les ayuda a llegar hasta la arena de la playa. Después toma de la mano a Eva y la deja caer en el agua. Con Luis repite el mismo procedimiento, pero evita hacer movimientos bruscos hasta que está con los dos pies en el agua. La piragua queda junto al resto, unas junto a otras en batería. Caminan hacia unas maderas que hacen las veces de pasarela sobre la arena. Se desabrochan los chalecos salvavidas y se quitan los cascos. Al final del camino de tablones pueden ver que la pira naranja que tenían en su campamento ha cambiado de sitio. Dejan el material y avanzan unos metros hasta llegar de nuevo a una zona con árboles. Allí les saluda la enfermera. Cuando están junto a ella ven cómo busca en una nevera más grande que la que usa para las medicinas.

—Un par de botellas de agua y un par de bocadillos —les dice mientras se incorpora—. También os toca una bolsa de patatas sabor jamón a cada uno. En un par de horas volvemos, no os alejéis mucho.

—Tranquila, me pongo la alarma del reloj —sonríe Luis—. Y gracias por las patatas, son mis favoritas.

Caminan hasta no ver la playa y se dejan caer sobre el escaso césped que hay bajo los árboles. Desenvuelven los bocadillos, saborean la sal de las patatas y beben agua. Comen prácticamente sin decirse nada. Cuando Luis termina hace una bola con el papel de plata que envolvía la comida y se tumba mirando el cielo. Siente cómo Eva repite sus gestos y deposita su cabeza a unos centímetros de él. Pueden escuchar el rumor del agua y oler la sal. Comienzan a hablar sobre todo lo que no han hablado hasta ese momento. Eva le explica dónde vive, cómo es su calle y lo cerca que queda del restaurante de sus padres. También describe su instituto y le dice el nombre de su mejor amiga. Luis le resume su barrio, su equipo de fútbol y lamenta lo mucho que le exige su padre para que sea el mejor delantero. También le habla de su madre y de cómo de vez en cuando se ponía a hacer la cena con ella. Los dos se van prestando palabras mientras el sol asciende por una escalera invisible. Las olas no se callan y el olor a sal ya no se nota porque ellos siguen compartiéndose quienes son en una tormenta de sílabas que les empapa. Eva le habla de lo necesaria que es para ella su familia, de lo cansados que son sus veranos y de lo que querría ser de mayor. Luis le explica que la vida a él le ha puesto un problema delante, un muro, que antes quería ser futbolista o tener una carrera. Pero que ahora solo puede ver hasta el día siguiente y que si se pone de puntillas para mirar por encima del muro no le gusta lo que ve porque todavía sigue oscuro. Eva se calla y ve pasar un pájaro que agita mucho las alas para seguir volando. Se siente pequeña e inmadura, también percibe un vértigo que antes nadie le había explicado. Luis también ve el mismo pájaro. Y sigue hablando, por encima del mar y las olas. Siente que le están escuchando por lo que es y no por lo que le pasa. Y es capaz de decir que la enfermedad no le ha vuelto mejor persona. Que en realidad es una injusticia y que le molesta que le digan cómo tiene que vivirla. Que él quiere estar triste todo el tiempo y nadie tiene que darle lecciones sobre lo necesario que es mostrar alguna que otra sonrisa. Como si sonreír no fuera una mueca cuando la sonrisa no tiene motivos. Le explica a Eva que el mundo se va a quedar sin árboles de todos los libros de autoayuda que se venden. Y Eva se ríe desde el suelo hasta el cielo y Luis la mira. Los dos se ven. Y piensan en las piraguas, en la sal y en el bocadillo terrible que se han comido mientras disimulaban. Se callan y sus manos, de nuevo tan cerca que parecen una, terminan por tocarse. Y sus dedos, temblorosos, llenos de sal y arena, se cruzan los unos con los otros haciendo el único baile que merece la pena. Luis y Eva se miran. Suena la alarma del reloj, ya se han ido las dos horas, y dejan que el sonido se apague, mientras se besan.

En la carretera
22 de agosto de 2019

Llevan una maleta pequeña cada uno, han metido lo mínimo necesario. No saben cuánto tiempo durará su viaje, tampoco saben si llegarán a destino, porque su destino es su hijo y los dos callan para que no se les rompa al decirlo.

Se acerca la noche. María no es capaz de mirar por la ventanilla, no quiere más recuerdos. Los dos han salido de casa en cuanto ella ha sentido que sabían dónde debía ir. Cansados de esperar a lo que otros hacen o dicen por su hijo, les toca a ellos tomar partido.

Fernando conduce muy concentrado. Sobre su rostro las farolas que alumbran la carretera van dejando líneas blancas que barren su cuerpo desde la frente hasta la cintura y desaparecen. Ha dejado sobre la mesa de la cocina los botellines de cerveza abiertos, la silla apartada, y la nevera de par en par esperando a que fuera de nuevo su cliente. Puede que el pitido del electrodoméstico se repita una y otra vez hasta desesperar a los vecinos. Pisa el acelerador pensando que le da igual. Que se estropee algo más en esa casa no tiene la menor importancia.

María tiene entre las manos el teléfono. Descansa sobre su regazo, como un pequeño animal brillante. Lo mira esperando que muestre el nombre de su hijo, su llamada. Lo desbloquea y busca entre los contactos para encontrar su número y pulsa para llamar. No activa el altavoz y espera que aparezca en pantalla el contador de segundos. En cuanto aparece se lo pone en la oreja esperando oír su voz. Y descubre una y otra vez que está apagado o fuera de cobertura. Apagado o fuera de cobertura, como ellos dos, padres en un coche que los lleva al sitio en el que quieren estar y al que no quieren llegar. María se permite un par de lágrimas por cada llamada perdida e imagina que en algún lugar está el teléfono de Luis, recibiendo ese lamento. Quizá con suerte lo perciba y tenga tiempo de mirar atrás y volver con ellos o al menos darles tiempo para llegar.

Mientras ellos avanzan por la autovía, en el hospital los residentes siguen intentando localizar a Diego. Al parecer el teléfono da tono, pero no contesta. Pedro les ha pedido que le mantengan informado. También han hablado con seguridad que a su vez se ha puesto en contacto con la policía.

—¿Qué decís que habéis perdido? ¿Un enfermo? Me estáis vacilando.

Los agentes son comprensivos con los miembros del Servicio de Oncohematología. Después de ver el vídeo y las imágenes de los fugitivos piden un vaso de agua y se sientan a tomar notas en el despacho de Pedro.

—Al residente, ¿cómo se llamaba? Sí, eso, Diego, se le puede caer el pelo, ¿los padres han denunciado?

Pedro les explica que al enterarse los padres se marcharon a casa. También les dice que sentía que en parte lo ocurrido era culpa suya, quizá debería haber acompañado más a Diego en los últimos días en los pases de planta. Es probable que se les hubiera ocurrido aquello en las largas conversaciones que mantenían. En el servicio sabían que se llevaban bastante bien, y quizá Pedro debía haber estado más atento en romper aquello. Pero al mismo tiempo sabe que esa era una forma de aprender. En la relación del médico con el paciente forma parte del aprendizaje saber dónde quedan los límites de la asistencia. Muchos de esos límites se descubren o se aprenden con la experiencia. No están en los libros, aparecen en el trato con las personas. Es posible que Diego se hubiera llevado a casa más cosas de las necesarias y es posible que Pedro no haya sido capaz de ser el mentor que se esperaba.

La policía se va del hospital diciendo que hará todo lo posible pero que tampoco sabe muy bien que es lo que pueden hacer. Pedro se despide de ellos y después busca el teléfono, no tiene muchas ganas de hablar, pero debe contar a los padres lo que han descubierto.

En la carretera
22 agosto de 2019

—Es aquí, por esta salida.

Diego da el intermitente y disminuye la velocidad. Luis llevaba un tiempo inquieto en su asiento, callado y mirando hacia fuera de un modo distinto a como lo había hecho antes. Diego intuía que su copiloto había estado contando los kilómetros que faltaban para llegar a esa parada en el viaje.

—No vamos a tardar mucho tiempo, te lo prometo —le dice Luis intranquilo—. Cuando entremos en el pueblo, que no es muy grande, te voy diciendo.

—Vale. —Diego se remueve en el asiento—. No quiero

que se nos haga muy tarde, aún no sabemos dónde hay que dormir.

—De eso ya me he preocupado también. Soy tu navegador. Será poco tiempo, ya verás.

Abandonan la carretera y tras girar en una rotonda por la primera salida se enfrentan con un pueblo de casas bajas y tejados de color rojo. Las paredes blancas y una larga calle que lo vertebra todo hasta llegar a la iglesia. La calle principal se nutre del mismo asfalto de la carretera. En su avance, ya lento y con el motor haciendo un ronroneo tranquilo, van dejando a ambos lados puertas de colores. Delante de algunas de ellas hay sillas vacías, preparadas probablemente para que cuando caiga el sol se sienten ahí ancianos que, haciendo juego con su vejez, llenarán de recuerdos y anécdotas las aceras. Las sillas son el preludio a una noche más de verano.

Cuando llegan a la iglesia, de piedra vista y torre con campana, con un pequeño parque de forma circular a sus pies, Luis se incorpora para hacer memoria. Diego disminuye aún más la velocidad del coche y observa con disimulo cómo la mano de Luis sigue acariciando la rodilla que más le duele.

—Gira aquí a la derecha, tienes que ir por esa calle pegada a la iglesia —señala Luis.

El coche cae en una callejuela estrecha con apenas espacio para el paso de un vehículo. Dos mujeres caminan por una acera diminuta que las obliga a quedar de perfil y quietas cuando pasan. Las mujeres miran con curiosidad, alimentando sus ojos con la imagen de las dos personas que van sobre las cuatro ruedas. Con eso tienen material para varias horas de discusión delante de casa cuando caiga la fresca.

—Es ahí —dice Luis.

Diego mira al fondo y ve una puerta de metal y una cristalera, una especie de escaparate de cristales verdes que no deja ver mucho al otro lado. Hay personas delante de esa especie de tienda. Están de pie y solo cuando está lo suficientemente cerca es capaz de darse cuenta de que no son personas que esperan. O sí. Pero no parecen esperar de forma normal, como cualquiera de nosotros haríamos en la puerta de una tienda. Con la impaciencia del que tiene prisa por hacer otra cosa o con la ansiedad de obtener al fin algo que deseamos. Son personas que mezclan en su expresión el miedo y algo parecido a la incertidumbre. Gente que está de pie y en silencio, como si se estuvieran a punto de caer, haciendo equilibrio. Las últimas hojas que estando en otoño se hacen fuertes en la rama. Y la rama sin duda es la puerta metálica que permanece cerrada. Diego puede observar a un hombre en silla de ruedas. El hombre descansa el rostro sobre una de sus manos. Detrás una mujer joven, quizá su hija, apoya los dedos con suavidad en el respaldo de la silla. Mira al frente, tan lejos como se lo permiten las casas bajas. Su mirada está perdida. Tan perdida como la de la mujer con un pañuelo en la cabeza que está detrás de ellos y que enrosca su brazo en un señor de mediana edad. Los dos se apoyan el uno en el otro, dos columnas evitando caerse. La nariz afilada y la piel pálida de la mujer se funden en el ojo clínico de Diego, y a este no le hace falta mucho más para saber qué le pasa. Al final de la fila un carrito de bebé y una pareja joven. También están cogidos de la mano y no dejan de mirar al interior del carro. Desde el coche apenas se ve nada, pero se puede adivinar todo el amor que les cabe a esas personas en las pupilas.

—Aquí a la derecha hay un pequeño aparcamiento.

Diego regresa tras escuchar la voz de Luis mientras se pregunta qué es lo que ha visto. El aparcamiento es una parcela entre dos casas blancas. Entran a través de una puerta practicada en una reja. El aire se llena del polvo que desprende el suelo en cuanto las ruedas pisan el terreno. Apaga el motor, y en apenas un instante Luis se quita el cinturón, abre la puerta y sale del coche. Quizá los analgésicos que tomó durante la comida le estén haciendo efecto, y eso le permite salir de esa manera. Diego también baja del coche y mientras cierra con llave ve cómo Luis camina todo lo rápido que puede hacia la calle.

—¿Adónde vas? —pregunta Diego.

Pero Luis no contesta, no mira atrás. Cojea todo lo

rápido que puede hasta alcanzar la acera donde están el escaparate verde, la gente y la puerta metálica. Diego no entiende las prisas, si su objetivo es entrar en ese lugar van a tener que esperar un rato. Decide intentar alcanzarle y comienza a correr hasta él. Cuando está a punto de llegar disminuye su velocidad y espera a que Luis se detenga tras la pareja con el carro. Pero Luis no se detiene, pasa junto a las personas que conforman la fila y apoya la mano en el pomo de la puerta metálica. Lo gira y entra en el interior ante la sorpresa de los que están allí. Nadie dice nada. Diego pasa detrás, bajando la cabeza de la vergüenza que siente por lo que está ocurriendo. No se atreve a mirar a nadie a la cara y va soltando disculpas en voz baja.

Al llegar al interior de la tienda se encuentra en un espacio con poca luz y las paredes llenas de estanterías sobre las que descansan cientos de recipientes, envases, cajas de cartón y bolsas de plástico. También puede ver algunas botellas de algo que parece agua, y sobres amontonados. Luis está a su derecha, de pie delante de una señora que se parapeta detrás de un mostrador de madera. La mujer se muestra tensa y tiene las manos ligeramente plegadas sobre el mostrador como dos arañas de cinco patas que saben que están a punto de ser atacadas. Niega con la cabeza mientras da pequeños pasos laterales hasta situarse delante de otra puerta, esta vez de madera.

—Voy a pasar ahí dentro —dice Luis serio, sin apenas jadear y mostrando una voz que Diego hace mucho que no escucha—. Lo puedo hacer de dos maneras. Abriendo la puerta después de que usted me dé permiso o abriendo la puerta sin que usted me lo haya dado.

La mujer, tensa y preocupada, se da la vuelta y abre la puerta unos centímetros. Parece hablar con alguien en el interior. No se escucha la respuesta al otro lado y la puerta se vuelve a cerrar. La mujer y Luis se miran fijamente, como si Luis la conociera y esa desconocida encontrara en Luis bastantes de sus miedos y preocupaciones. Diego analiza el contenido de las estanterías y paulatinamente comienza a entender qué esperan las personas que siguen en la calle, aunque ahora han pegado sus rostros al cristal verde del escaparate intentando entender qué es lo que pasa con el adolescente que cojea y su acompañante.

La puerta de madera se abre y la mujer levanta el mostrador, que se pliega gracias a un par de bisagras. Una mujer no demasiado mayor sale utilizando a otra más joven a modo de bastón. Ambas se parecen, madre e hija, y pasan primero junto a Luis y después junto a Diego, que no puede evitar fijarse en el abdomen distendido y el intenso amarillo en los ojos de la señora. Se detienen y se quedan delante del mostrador, esperando a que las atiendan. Antes de que las bisagras vuelvan a hacer su trabajo Luis da un par de pasos rápidos y desaparece al otro lado de la pared. Diego se adelanta y pone la mano sobre la madera del mostrador para pasar detrás. Luis está frente a una mesa grande, con una camilla a la derecha. La pared está llena de cuadros con diplomas, no hay espacio libre salvo una lámina de un hombre de perfil en la que se dibujan diversas zonas de colores, una especie de mapa político de la anatomía humana, de las que surgen letras orientales. Al otro lado de la mesa escucha un hombre con gafas que se hace pequeño tras una reluciente bata blanca.

—¿No te acuerdas de mí? —dice Luis.

El tipo de blanco dobla los labios y niega con la cabeza. Sonríe un instante y después eleva los hombros; es la imagen viviente del «no tengo ni la más remota idea». Luis se acerca a una de las sillas que hay delante de él y se sienta con trabajo. Después habla.

—Pues yo sí me acuerdo de ti, tenía ganas de volver. Lo hago yo porque sé que ellos no querrán hacerlo, no querrán verte la cara. No te acuerdas de mí ni te acordarás de nadie. Probablemente nadie regrese a tu especie de consulta para decirte lo que piensa. Has hecho un trato con la memoria y con la conciencia. De aquí nos vamos pensando que nos vas a curar, y no hay reclamación porque no curarse te asegura la ausencia de quejas. —Luis señala con el dedo la pared, barriendo con él todos los diplomas colgados—. Pero yo necesitaba venir. Para que le pongas cara a alguien a quien has engañado. Acaba de salir una señora a la que también has usado, y en la puerta tienes a varias personas más a las que vas a utilizar. Has convertido un pueblo pequeño en un lugar de peregrinación. Los que se curan porque no les pasa nada te hacen publicidad. Te da igual la gente, lo único que te preocupa es seguir ganando dinero a costa de la esperanza de los demás. Tienes las baldas de tus estanterías llenas de mentiras con promesas. Como las que tuvimos que escuchar aquí nosotros. —Luis hace una pausa y se apoya en la silla que tiene delante. Por su rostro caen dos gotas de sudor y Diego puede ver cómo su respiración es ahora más agitada; está haciendo un esfuerzo por continuar—. Estoy aquí para que me pongas cara. No quiero que olvides mis ojos, y me voy a permitir el lujo de ser el recuerdo que quizá no te deje dormir por las noches. Tu conciencia sabe de qué hablo. No voy a montar ningún número ni voy a ponerme a gritar ni haré nada más que lo que estás oyendo. Es suficiente. Deja de engañar a quien no lo merece. No juegues con el miedo y la incertidumbre de nadie, lo que haces es perverso, una forma de enfermedad.

Luis se separa de la silla con esfuerzo. Se da la vuelta y sale de la consulta. El hombre con bata blanca permanece en silencio y le observa. Diego le mira durante un instante y decide aproximarse a la mesa. Al ver que se acerca, el estafador se mueva hacia atrás ligeramente.

—No le voy a hacer nada, no se preocupe. Tan solo quiero decirle que este tratamiento que acaba de recibir se lo administramos gratis —le explica Diego guiñándole un ojo.

Cuando Diego sale de la consulta Luis alcanza la calle. La señora del mostrador los mira, con las manos aún contraídas como pequeñas arañas asustadas. La madre y la hija ya no están. Las personas que esperan fuera dejan pasar a Luis, que camina tan rápido hacia el coche como antes había caminado hasta la tienda extraña. Diego corre hasta alcanzarle, le abre la puerta y le ayuda a caer sentado otra vez. Luis está jadeando. Diego, asustado, corre hacia su asiento y se pone detrás del volante.

—¿Estás bien?

—No, estoy fatal, me falta el aire —resopla Luis—. Pero me recuperaré, solo necesito descansar.

—Imagino lo que pasó. Me has dejado flipando con el discurso que le has soltado.

—Mira. —Luis se mete la mano en un bolsillo—. Ya llevo tiempo escribiéndolo —sonríe mientras le entrega un papel doblado a Diego—. He ido cogiendo ideas de por ahí y lo he memorizado como si fuera un actor. No se me da mal actuar, ya viste en el hospital cuando la crisis y las medicinas para escapar. A ver si te crees que lo de *no juegues con el miedo y la incertidumbre de nadie* se me ha ocurrido sobre la marcha. Había que ponerle mística al tema.

Diego y Luis se ríen mientras el coche arranca.

—Has sido muy valiente, Luis.

—Lo que fuimos es gilipollas. Ahora me he quedado a gusto. Venga, muévete, que hay que llegar al sitio donde vamos a dormir. Ahí no daré tanto espectáculo, te lo prometo.

El coche comienza a moverse levantando polvo. Abandonan el aparcamiento y pasan despacio delante de la cristalera verde. Ahora nadie espera, la calle está vacía y la puerta metálica permanece completamente abierta. Regresan por la pequeña calle hasta la iglesia y después alcanzan la principal, donde ya hay gente sentada en las sillas. En un par de ellas pueden distinguir a las señoras con las que se cruzaron al llegar. Diego piensa que la historia buena es la que se han perdido. Paulatinamente las casas se espacian hasta que el pueblo se deshace.

—Diego, también quería venir aquí por otro motivo —le dice Luis.

—¿Comprar ungüentos?

—No, imbécil, quería venir aquí para que me escucharas.

—¿Para qué?

—Por qué tú te dedicas a cuidar a la gente, y como parte de ese cuidado no deberías permitir que nos engañaran así. En la medida en que tú puedas evitarlo, no permitas que esta gente permanezca impune, ¿de acuerdo?

El coche alcanza la rotonda que da acceso a la autopista. Diego mira el cielo que ya se tiñe de naranja. A un lado queda el cartel del pueblo donde se tacha el nombre con una línea roja. Luis respira despacio, recuperándose.

—De acuerdo —responde Diego pisando el acelerador.

En la carretera
22 de agosto de 2019

María y Fernando ven cómo se aparece la noche y a los lados se alza una pared negra que convierte las líneas blancas del asfalto en un raíl que los guía. Fernando ha mirado el tiempo que necesitan para llegar a destino. Cree que quizá deban dormir un poco. Cuando lleven más o menos la mitad de los kilómetros hechos se detendrán para cerrar los ojos sin bajar del coche. María en cambio prefiere apurar la noche para que no se les haga tarde. Lo importante es llegar, estar allí. Cierra los ojos para descansar unos instantes cuando suena su teléfono. En la pantalla puede ver un número largo y reconocible. Siente miedo, pero un miedo distinto a aquel al que se acostumbró cuando lo único que recibía de ese número eran palabras con forma de diagnóstico o prueba complementaria.

—Hola, María.

—Un segundo —se incorpora y pulsa el altavoz en la pantalla—. Hola, Pedro, estamos los dos escuchándote.

—Os pido disculpas por llamar a esta hora. Como sabéis hemos estado intentando localizar a Diego durante toda la tarde y ha sido imposible. También hemos llamado a varios residentes compañeros de su promoción para que lo intentaran. Tiene guardia dentro de dos días y tampoco les coge el teléfono. Me han dicho que llegó a dar tono y ahora parece que lo ha apagado. Estamos todos bastante sorprendidos porque Diego es muy responsable y nunca había hecho nada así. Os llamo para deciros esto y también para comentaros que hemos descubierto algo —Fernando disminuye la velocidad del coche—. Después de que vuestro hijo se marchara han seguido con la rutina en la planta —Pedro hace una pausa—. Se han dado cuenta de que falta medicación de una de las neveras con código que tenemos ahí.

—¿Qué quieres decir?

—Tras lo ocurrido hemos hecho memoria y resulta que vuestro hijo tuvo ayer un episodio en el que parecía haber sufrido una alteración del nivel de conciencia. Ya ha tenido otros durante su tiempo aquí. Primero creímos que fue una especie de reacción alérgica e incluso que podía ser una expresión nueva de su enfermedad, una convulsión. Os lo íbamos a contar esta mañana, en cuanto vinierais, pero la desaparición no nos dejó hacerlo.

—¿Y qué tiene que ver todo esto con las medicinas?

—Sabéis que en el pasillo de la planta de hospitalización hay una cámara. También hemos revisado esa grabación y coincidiendo con el momento en el que Luis tuvo el empeoramiento que os he dicho alguien entró en el cuarto donde están las medicinas. Iba con mascarilla, pero por las imágenes creemos tener bastante claro que fue Diego.

—¿En qué cambia esto las cosas?

—Nos hace pensar que lo que ha ocurrido estaba planeado. Ambos sabían lo que debían hacer y Diego se preocupó lo que necesitaban para hacerlo. Al menos pensaron en eso. Diego tuvo la prudencia de tener en cuenta que Luis podría pasarlo mal en el viaje si se iban sin medicación.

Fernando disminuye aún más la velocidad. Pedro es el médico que los ha acompañado desde el comienzo. Ambos conocen perfectamente el tono de su voz, las inflexiones que denotan incertidumbre y el modo de hacer pausas cuando lo que ha dicho es un hecho irrefutable o casi seguro. Pedro ha sido el médico de las malas noticias, de los primeros días, de la esperanza, de los miedos, de las pruebas que no esperaban y de los nuevos modos de tratar la enfermedad. Ante ese «pasarlo mal» entienden qué pregunta deben hacer. Es por eso por lo que Fernando pulsa en el volante un par de botones para establecer una velocidad de travesía, para no tener que tocar los pedales ni el cambio de marchas. Después libera la mano derecha y la lleva al encuentro de la mano izquierda de su mujer, que sigue encogida en su regazo, plegada sobre sí misma. María habla.

—¿Qué quiere decir?

—Después de que os fuerais he revisado las últimas analíticas de Luis. También las gráficas de planta y las veces que ha necesitado transfusiones de sangre y de plaquetas. En la última semana estaba necesitándolas cada vez más a menudo. La última vez fue hace un día y medio. Probablemente la enfermedad está infiltrando la médula ósea y sea por eso. Si se ha ido del hospital no va a recibir sangre o plaquetas. No solo va a tener dolor, también requerirá cada vez más esfuerzo de su corazón para seguir estando despierto. Sentirá que no le llega el aire a los pulmones, cansancio. No creemos que sea capaz de aguantar mucho tiempo. Luis va a necesitar asistencia médica y no va a ser suficiente tan solo con los analgésicos que se ha llevado Diego. Creemos que la vida de Luis corre peligro si no le devolvemos pronto al hospital.

—Gracias, Pedro —dice María antes de colgar.

Lejos, Pedro se lleva las manos a la frente y deja caer el teléfono sobre la mesa del despacho. Delante de él un par de compañeras le miran preocupadas, frustradas por no poder hacer nada. Pedro se levanta, y deja el fonendoscopio sobre el respaldo de su silla. A continuación, sale del despacho, sin despedirse, y avanza por el pasillo hasta desaparecer en las escaleras.

A kilómetros de allí el coche continúa con velocidad fija, entre las líneas blancas y sin desplazarse apenas unos centímetros a uno y otro lado. En el interior Fernando y María se permiten el uno los ojos rojos y la otra un par más de lágrimas. No están enfadados con Pedro. Sabían cómo estaba su hijo, del mismo modo sabían que hay cosas que se hacen realidad cuando de pensamientos pasan a convertirse en verbo. Palabras que solo tienen valor si desde la mente de uno se transforman en sonido. Palabras que alcanzan todo su peso cuando es otro el que las pronuncia. Vida. En el interior del vehículo, con las manos juntas aún, dejan que la noche se extienda y ellos deciden no separarse. Avanzan lamiendo kilómetros hacia un destino que se les tambalea. Pero avanzan hacia su hijo. Se aprietan las manos, Fernando y María, atravesados por la oscuridad de una vida que no es la que desearon pero es la que toca. Viviendo la realidad que nadie quiere y esperando que allí donde termine su viaje esté lo único que necesitan de verdad.

En la carretera
22 de agosto de 2019

—Voy a poner la radio.

Diego pulsa el botón redondo a su derecha. El volumen está bajo y por ahora prefiere dejarlo así. Desde que han salido del pueblo en el que Luis soltó su frase de película no deja de pensar en lo que le ha dicho. Cree que es justo y, lo que es peor, nunca se lo había planteado. Mira a Luis sin que se dé cuenta y piensa en cómo se gestiona la esperanza en el caso dé una enfermedad como la suya. Probablemente la esperanza sea la único que les queda a muchos de ellos. Cada día que pasa sin que el tratamiento cumpla con su objetivo esa esperanza se convierte quizá en lo único que sirve para continuar quemando kilómetros. Y puede ser utilizada, manoseada y drenada. Como hace ese hombre que han dejado atrás. Eso es lo que le ha hecho ver Luis. Y se lo ha mostrado poniéndoselo delante, como el que te lleva a un museo para que veas las obras de arte. Míralo, porque esto existe y tú, que trabajas en esto del arte y los cuadros, no debes olvidar que hay gente yendo a museos y pagando por falsificaciones. Además, la mayoría no regresará para quejarse, porque los turistas de enfermedades incurables nunca vuelven.

El vehículo avanza por la carretera acompañado cada vez por menos coches. Tan solo quedan en ruta los que necesitan hacer un viaje. Los que tienen motivos. Diego mira al frente y escucha la música que suena demasiado baja como llenar el interior del vehículo. Un murmullo que relaja. Luis le imita, también está mirando alrededor, y tiene una sonrisa que disimula un respirar cada vez más complejo. Nadie puede ver cómo le cuesta llenar y vaciar sus pulmones, nadie puede ver el dolor punzante que captura su rodilla derecha y avanza desde ahí para invadir el resto del territorio. Pero está feliz y tranquilo. Sabe cuál es el próximo paso. Entiende que esta noche tendrán que descansar. Lo tiene todo planeado, han sido tantas las noches sin dormir que ha podido recorrerse su vida un par de veces, tanto de ida como de vuelta. Porque vivir no es solo que pase el tiempo por encima. Envejecer como único recurso para que cuando la cosa termine parezca que has cumplido. Luis se ha vivido de muchas maneras en la oscuridad de una habitación de hospital. Observando a su madre dormir o escuchando los profundos ronquidos de su padre. En la soledad que uno hace con sus ideas, en las conversaciones que uno mantiene con la única persona que sabe hacer las preguntas exactas: uno mismo. Y es desde ahí desde donde Luis ha planeado cada metro de aquella ruta, y es desde ahí desde donde se pregunta si podrá cumplir con sus expectativas. Mira lo que tiene cerca y está feliz por sentirse dentro del coche, por haber sido capaz de lograr esa parte del trato. Y se siente vivo y dueño de lo que ocurre por vez primera en mucho tiempo. Con la carretera yéndose hacia atrás, sin mirar por el espejo, y habiendo sido capaz de ir tachando cosas de la lista que ha ido escribiendo en su cabeza. Con la radio muy baja, ofreciéndole un espacio sonoro que le recuerda tiempos mejores y que también merecieron la pena.

Diego, mientras tanto, se hace un resumen que termina en sus dedos aferrados al volante. Es curioso pensarse en según qué circunstancias. Recopilarse en las decisiones tomadas y en los hechos que a cada uno le llevan a un lugar determinado. Mira la marca sobre el cuentakilómetros y entiende que ahí está su padre. El coche fue un regalo que lleva desenvolviendo años, que le permite ir de un sitio a otro para ir de lo que era a lo que va a ser. Un coche verde y de segunda mano como metáfora de madurar para encontrarse las canas. Está tranquilo y siente que lo que hace es también una forma de aprender. Dame todos los errores que pueda cometer, que ya me encargo yo de hacer que lo que destile de ello sea solo lo bueno. Diego mira por el retrovisor y la oscuridad de la noche le devuelve a su madre y a su padre diciéndole adiós. Preparándole para los kilómetros que iba a hacer sentado ahí, al volante, felices por ver que su hijo se alejaba de ellos para ser menos su hijo, pero más él. Diego sonríe y es ahí algo llama la atención en la música.

Primero muy bajito, con un piano que repite seis notas. Diego la reconoce al momento y sube el volumen ligeramente. Luis se incorpora y comienza a prestar atención, después también lleva la mano a la radio y da un cuarto de vuelta al botón, haciendo que la música abrace el interior del vehículo.

Los dos callan mientras la canción se presenta en su memoria. Primero Diego separa los labios y murmura la letra en voz baja. Esa canción es su casa, su habitación, su cuarto, sus amigos y su familia. Intenta disimular cómo cada palabra le hace estar más allí y con ellos, se deja llevar por esa capacidad que tiene la música para trasladarnos mediante siete notas haciendo malabares y sin tener ni idea de cómo se combinan entre ellas.

Luis también canta, no mueve los labios, no tiene apenas fuerza para llenar el pecho y dejar que lo que le sobra se convierta en algo más que respirar. Pero intenta cantar y siente que está aquí y ahora. Las casualidades a veces se visten de etiqueta, y que esa canción esté de viaje con ellos es un mensaje que no debe ignorar. En esta canción está su primer momento en común. Así que cierra los ojos, obliga a sus pulmones a hincharse, con esfuerzo, y permite que lo que primero es solo un movimiento sin sonido se convierta en algo más.

Luis y Diego comienzan a cantar.

Tiene un cañón de alegría disparando en los ojos
Y todo aquel que la mira se llena de amor
Es el ángel de la guarda para los demonios
Le juro que no le exagero, todo es corazón

Tiene la vida más vida si la tienes cerca
Es el paraguas, no te baila el agua sin más
Tiene la risa que alivia todos los problemas
Es esa palabra que escucha cada suspirar

Es una vela encendida porque si hay un día en la oscuridad
Vierte un ratito en la herida, por eso es mi amiga para bien y
[mal

Diego y Luis se observan y sienten que desaparece algo entre ellos. Porque entienden que hay una frontera rota detrás y caminan por encima.

Diego y Luis ahora comienzan a gritar.

Qué bonito es saber que siempre estás ahí
Quiero que sepas que voy a cuidar de ti
Qué bonito es querer y poder confiar
Afortunado yo por tener tu amistad

Diego baja la ventanilla y Luis le imita. Los dos sacan las manos y sienten el aire entre los dedos. Nadie a su alrededor salvo un muro negro que les hace ser habitantes de un momento único que parece no tener fin. Astronautas de interior, como si la vida fuera un planeta en el que estamos todos, pero no hemos sido aún capaces de explorar.

Es la orillita del agua vencida que rompe
Cuando se pone valiente no sabe frenar
No tiene miedo a la gente, lucha en el desorden
Que la justicia gana ya por la libertad
Es una vela encendida porque si hay un día en la oscuridad
Vierte un ratito en la herida, por eso es mi amiga para bien y
[mal

Un par de zorros levantan la cabeza al oírlos o pasar. Cuatro pájaros salen volando y un perro comienza a ladrar. En el aire las moscas revolotean ignorando qué significa aquello mientras un gato intenta atrapar a un ratón que ha salido corriendo con el estruendo al paso de una cosa verde y con ruedas. Del interior de ese artefacto se libera lo que parecen ser dos voces repitiendo las mismas palabras.

Qué bonito es saber que siempre estás ahí
Quiero que sepas que voy a cuidar de ti
Qué bonito es querer y poder confiar
Afortunado yo por tener tu amistad

Ella no supo qué hacer cuando la derrotaron
Ella aprendió de las lágrimas, harta de llorar
Por ello tiene ese brillo y el grito de un faro
Es el paso pal caminito perdido encontrar

Luis y Diego dejan que la voz se les rompa entre carcajadas dejando que la letra se les atragante con la risa. Como si estuvieran bebiendo palabras. Entre ellos una electricidad que antes no estaba y que como toda electricidad saben que durará poco tiempo. Una descarga que los atrapa y envuelve, que les hace únicos.

Qué bonito es saber que siempre estás ahí
Quiero que sepas que voy a cuidar de ti
Qué bonito es querer y poder confiar
Afortunado yo por tener tu amistad

Las ventanillas bajadas y sus voces subiendo hasta mezclarse con las nubes. La canción termina y se quedan callados, felices. Vuelven a bajar la música y miran al frente. Jadean mientras sienten que a veces hay paréntesis que merecen la pena, incluso para dos jóvenes que desde hace un rato viajan a oscuras y no saben cómo van a terminar.

Madrid
11 de mayo de 2017

En la sala hay cinco adolescentes sentados en sillas de madera. Se miran unos a otros, aún no se conocen, pero en cambio se identifican. Forman parte de una tribu rota. Comparten la misma herida en forma de enfermedad. Cada uno propietario, habitante y preso de cinco sufrimientos que se cobijan bajo la misma palabra.

Cáncer.

Enfermedad que les arrancó de la rutina para ponerles delante otra distinta. Una rutina que cruje, sangra, duele, da náuseas y viste el calendario de gris. Todos los días son el próximo día, mirar atrás es tener envidia constante por todo lo que no sabían apreciar. Adolescentes obligados a mirarse el mundo de una manera que no les corresponde a esas horas de la vida. Sentados en una sala amplia y luminosa, vestidos con bata y pijama de hilo. Zapatillas de estar por casa que no pisan el suelo de ninguna casa de verdad.

La psicóloga compone el vértice de la reunión. Les ha citado allí sin decirle a cada uno de ellos que no iban a estar solos. Sabe que da igual con quién les siente, la soledad es capaz de disimular en compañía. La psicóloga ha estado más veces allí, en otros principios, y no tiene expectativa ninguna sobre la reunión. Entiende que su objetivo no es generar ningún tipo de hermandad. También entiende que los chavales que tiene delante ya ponen demasiado de su parte con estar ahí delante. No busca la amistad entre ellos, tan solo quiere que de cada tormenta surja la lluvia pertinente.

Hay pacientes que necesitan empapar lo que tienen alrededor para sentir que son más que nubes que terminarán por desaparecer. También hay otros que prefieren dejar seco el aire de palabras y se las guardan. Las ocultan y no permiten que nada salga de su presa. Se hacen lago, hasta que poco a poco se rompen los muros. Ella debe estar pendiente para que nada desaparezca bajo demasiada cantidad de agua.

La reunión del grupo de adolescentes. Individuos en

los años hacia la vida adulta que tienen que echarse a un lado en la carretera que los lleva a ella. Sala de cinco sillas para cinco enfermos con la misma cicatriz en ciernes. Chavales que están ahí para mirarse a los ojos y contarse, si quieren, la vida. Pájaros a los que les han regalado todo el vértigo posible cuando estaban a punto de batir las alas por primera vez. Cinco enfermos con cinco enfermedades de pronósticos y expectativas distintas. La psicóloga los mira, con el pelo recogido y las piernas cruzadas. Con un cuaderno azul y un bolígrafo pasea por ellos y procura que su rostro esté calmado para hacerles vez que ella no es enemiga.

Se encuentran en la primera fase de tratamiento. Unos han comenzado ya y otros están a punto de recibir los primeros fármacos. Viajeros de pruebas complementarias que ahora son pasajeros del edificio que les da techo. Se pueden reconocer en ellos las mismas dudas. El mismo tipo de silencio que te atrapa y comprime. El miedo.

—Bueno —dice la psicóloga sin perder la sonrisa, nerviosa por no errar en el inicio—. Lo primero que quiero es daros las gracias. Todo lo que hacéis es valiente y estar aquí sentados es una expresión más de ello. No os voy a presentar porque creo que lo debéis hacer vosotros. Estoy segura de que os habéis visto por los pasillos. Esto no es tan grande —mueve los hombros y juguetea con el bolígrafo—. Así que confío en que vuestras caras os suenen. Aquí hemos venido un poco a romper el hielo.

Observa a los cinco, esperando. Ella conoce el diagnóstico, sabe quiénes son y cómo se llaman. Ha hablado con sus padres y ha visto las lágrimas de algunos de ellos. Y ahora sabe que tiene que esperar hasta que haya un primer paso. A su derecha puede ver que uno de ellos se mueve inquieto. Es un adolescente de dieciséis años. Diagnosticado de un cáncer en los huesos, concretamente en su pierna derecha, cerca de la rodilla. Cojea un poco y quizá también ese sea el motivo por el que tiene constantemente la mano sobre esa articulación. Descubrieron metástasis en los pulmones cuando le diagnosticaron. Al parecer llevaba tiempo con problemas al respirar, cansancio, pero lo habían atribuido a otras cosas. La psicóloga le mira y le pregunta.

—¿Te apetece empezar? —le dice al inquieto—. Piensa que tenemos que estar aquí más de una hora, soy muy pesada, y cuanto antes empecéis antes vamos a terminar.

Como una olla liberando presión la sala se llena de tímidas sonrisas. El chico se da por aludido y sonríe, parece que está dispuesto a hablar. Se inclina hacia delante y se toca la rodilla derecha. Después mira uno a uno a sus compañeros y asiente con la cabeza. Está listo. Cinco adolescentes se observan y la luz entra por la ventana. Fuera los coches se mueven, los desconocidos andan y nadie repara en que no le duele nada. El chico se incorpora en su sitio y mira a la psicóloga, separa los labios y empieza a hablar.

—Bueno, pues os cuento qué hago aquí, aunque supongo que os lo imagináis sin problema —todos se ríen—. Me llamo Luis y no tengo claro cómo empezar.

En la carretera
22 de agosto de 2019

—Es aquí.

Diego reduce la velocidad de forma paulatina y entra en un pueblo que comienza con casas blancas que se transforman rápidamente en edificios de ladrillo marrón, plazas, una iglesia y un parque con las farolas recién encendidas. En las calles hay bastante gente de todas las edades. Algunos bares han conquistado parte de la calzada y dejan caer en ella sus terrazas, con sillas de plástico con el nombre de cervezas y refrescos en sus respaldos. Hay tipos de mediana edad con sombreros blancos y se cruzan con varios grupos de jóvenes que llevan todos las mismas camisetas. Tiene mucho cuidado al moverse, para no atropellar a nadie. Diego se percata de que van a ser casi los únicos que tienen intención de descansar en el pueblo en el que van a pasar la noche.

—Joder, Luis, ¿este sitio está en fiestas?

—Como seas igual de observador con las enfermedades que con los pueblos no vas a tener precio como médico, ya te lo digo —suelta Luis sin dejar de mirar al frente.

—Va a ser imposible encontrar sitio para dormir.

—Está reservado, tranquilo —dice mirando a Diego—. En cuanto me dijiste que íbamos a darnos un paseo reservé una habitación. Está cerca de la plaza del Ayuntamiento y el ayuntamiento está ahí delante.

El coche, ya con las luces encendidas, avanza por la calle hasta quedar delante del edificio blanco y de aspecto institucional que parece poner fin a la calle. Delante tienen plazas en batería para los vehículos, por suerte una está libre y detienen el coche allí.

—Ahora te bajas, vas al hotel y coges las llaves de la habitación. Te espero aquí.

—A sus órdenes, señor Misión Imposible. ¿Qué nombre tengo que dar?

—Ulises López, dile que luego le llevas el documento nacional de identidad si te lo pide. La mentira es mejor que te la lleves preparada de antes.

—¿Ulises?

—Claro, como el de la Odisea.

—Está bien esa cabecita —dice Diego cuando sale del coche y cierra la puerta.

Mientras camina, Diego piensa en el modo en que Luis ha planeado el viaje. En la parada anterior tenía una deuda pendiente. Mientras camina hacia el edificio donde van a dormir sonríe al pensar en que no quiere ni imaginarse lo que se le ocurrirá hacer en un pueblo en fiestas. No llevarlo todo pensado habría sido mucho más sorprendente que permitir que la incertidumbre se metiera también con ellos en la travesía.

En la recepción del hotel una señora muy amable le pide los datos a Diego para la reserva. Reconoce el nombre de Ulises. Antes de que la señora le pida el documento de identidad Diego le dice que lo tiene en el coche. Que está muy lejos de allí y que en cuanto vaya a por las maletas se lo lleva. A la mujer le hace gracia la forma de mentir de Diego y le permite coger la llave del cuarto.

—Toma, Ulises, pero no olvides darme lo que necesito antes de marcharte. Eso sí, me pagas por adelantado.

—Claro, le pago y subo. Me gustaría ir al baño.

Diego busca en su cartera el dinero para pagar la habitación. No entiende muy bien por qué ha añadido lo del cuarto de baño, es cierto que no sabe mentir sobre la marcha con demasiada habilidad. Después sube. La habitación queda cerca del ascensor y se sienta en la cama hasta que pasan cinco minutos. Cree que así la recepcionista no hará preguntas sobre lo que ha podido hacer ahí dentro.

Baja las escaleras y regresa a la calle. Al acercarse al coche comprueba que está vacío. Luis no está. Mira alrededor y no le ve. Siente que su corazón se acelera, es como si se le hubiera escapado un globo. Sabe que no puede ir muy lejos, pero teme que si se aleja lo suficiente ya sea tarde para encontrarle y devolverlo a tierra. Diego ha perdido el único equipaje que tenía y sabe que en el estado en que se encuentra Luis será muy difícil tanto que no llame la atención como que no termine por hacerse más daño del que ya lleva de serie.

—Es por ahí.

Diego se gira y se encuentra a unos centímetros de Luis. Este le sonríe y extiende un brazo para darle las llaves del coche.

—Con tu permiso me he tomado un par de pastillas de esas que se ponen debajo de la lengua.

—Fentanilo.

—Lo que tú digas, vamos.

Luis comienza a caminar despacio y cojeando, pero mucho más rápido de como aparentemente podía hacerlo unas horas antes. Diego va detrás observándole y no para de preguntarse si esto también lo tenía planeado. Dejan atrás el ayuntamiento y alcanzan una calle que está llena de barras de bar de metal a uno y otro lado. Han sacado a la calle los grifos de cerveza y se alzan columnas de humo hacia un cielo ya negro. Huele a carne y a leña, también a aceite. Están rodeados por la música que vierten los altavoces de cada uno de los locales. Se mezclan y generan una textura sonora que hace que Diego suba los hombros, como queriendo oír menos. Luis sigue andando, no se detiene, y parece pasar desapercibido entre las risas, los gritos, los vasos de tubo y las camisetas de colores. Nadie ve al chaval pálido que lleva una gorra y cojea. Es uno más entre una muchedumbre cada vez más densa.

La calle termina y ante ellos se alza un arco lleno de bombillas que iluminan hasta obligarles a guiñar los ojos. El suelo ya no es asfalto, es arena fina, semejante a la de las plazas de toros. Diego se detiene y observa. Tienen delante una especie de puerta por la que no deja de salir y entrar gente, sonrisas de todo tipo, familias, parejas, hombres, mujeres y niños. Esa galaxia que es un pueblo en fiestas con todos sus estereotipos. La música hace trabajar los tímpanos y el perfume a barbacoa se mezcla con otros que no consigue identificar. Olor a feria. Puestos de comida rápida, patatas fritas y perritos calientes. Un par de peñas cantando canciones mientras tiran al suelo el contenido de vasos de plástico y dos casetas con logotipos de partidos políticos. Luis se queda quieto y se gira buscando a Diego. Cuando encuentra sus ojos le hace un gesto con la mano para que vaya con él. Diego camina y se detiene a su lado. El ruido es importante, se acerca a uno de sus oídos.

—Me has traído a una feria de pueblo.

—Claro.

—Estás fatal.

—Ya lo sé, por eso quería venir.

Se introducen en el interior del recinto. Caminando despacio, al paso de Luis, hacen ruta por las atracciones. El tren de la bruja, el rodeo, el castillo hinchable, el saltamontes, la noria y esa especie de tortura que da vueltas en varias direcciones a los que se montan en ella. Luis observa cada atracción como si estuviera mirando un cuadro o una escultura. Es el museo de lo que hizo y no hará. Se detiene, se queda quieto, y disfruta de una o dos repeticiones de cada una de las atracciones. Participa y hace suyos los gritos y las carcajadas de los desconocidos que tiene delante. Deja que sus ojos se llenen con las luces verdes y rojas, sus pequeñas pupilas barriendo de un lado a otro cada instante y cada chasquido. Inmóvil hasta que algo le indica que debe seguir caminando. La gente alrededor le ignora y él se siente uno más porque no llama la atención. No brilla, pero captura todo lo que emerge de aquel lugar que bajo el cielo negro resplandece hacia todas partes. Diego no se separa de él, percibe que quizá la medicación está haciendo un efecto inesperado, pero no le preocupa. Lo prefiere así. Lejos, tranquilo y sin dolor. Tan solo debe permanecer a su lado. Mira un par de veces el reloj para percatarse de que se les hace un poco tarde.

—Luis —golpea ligeramente su hombre derecho—. Luis.

—Dime.

—Tenemos que tomar algo, sobre todo tú. Debes comer un poco.

—Vale, vamos allí —indica unas mesas junto a un chiringuito casi debajo de la noria.

Cuando llegan, Luis se sienta en un banco de madera y Diego se dirige a pedir la comida.

—Me apetece un pincho moruno —comenta Luis.

Diego no tarda mucho en regresar con una bandeja en la que lleva pan, dos pinchos morunos y cervezas. Luis se queda mirando a Diego mientras este distribuye las cosas sobre la mesa. Después deja un vaso delante de cada uno. Nunca ha probado la cerveza.

—Por nosotros —dice Diego mientras señala el vaso que queda delante de Luis.

—Claro.

Los dos beben un trago largo. Ni a Diego ni a Luis les gusta, pero parecía más de verdad brindar con cerveza. Después comen en silencio los pinchos morunos. Luis disfruta del sabor de la carne y se hace varios minibocadillos usando el pan. Hacía tiempo que no disfrutaba tanto de una comida. Es consciente de estar viviendo una tregua y sabe que la carne adobada forma parte del armisticio momentáneo. Los dos observan la feria a su alrededor. Y Diego recuerda a su padre y a su madre. Se ve con ellos de la mano, más pequeño, paseando por sitios semejantes. Rápidamente ese recuerdo desparece y se ve con su madre en el cementerio delante de la tumba de su padre. Da un bocado y toma un trago. Después observa a Luis y piensa en la enfermedad, no en la de Luis, en una enfermedad abstracta y que nos sobrevuela a todos. Está ahí, esperando para caernos encima en cualquier momento. Eso le ocurrió a su padre justo en el momento en que él terminaba Medicina. Cuando quedaba poco para cumplir un sueño, a su padre le pusieron encima la pesadilla. Da otro mordisco y coge un pedazo de pan. La música sube y la noria ha decidido que ahora las luces ya no son rojas, ahora son azules y de vez en cuando amarillas. El padre de Diego inició el tratamiento apenas unos meses antes de que él eligiera qué especialidad hacer. Pediatra para no tratar adultos y oncólogo para ir a por el cáncer. Su padre callaba cuando Diego le hablaba de sus planes de futuro. Sabía que él sería un recuerdo y no quería molestar en los sueños a su hijo. Mejor no decir nada y ser pasado en presente. Un día, cuando ya había elegido el lugar en el que iba a hacer la especialidad, el padre de Diego apareció en su cuarto mientras leía. Tras una pequeña charla le entregó unas llaves y le explicó que no era capaz de arrancar el coche. Diego se había sacado el carnet durante la carrera, motivado por sus padres, porque nunca se sabe dónde pondrás las ruedas. Bajó a la calle, sin entender nada, y su padre le señaló un pequeño vehículo verde de ruedas grandes y faros redondos. Diego entendió que aquel coche era suyo y que su padre le estaba dando herramientas para iniciar su viaje. Bebe cerveza y observa a un par de niños que lloran mientras sus padres intentan calmarlos ofreciéndoles montar en otro sitio. También ve pasar a un grupo de jóvenes que sonríen y saltan. Luis mira en silencio la noria y Diego vuelve a su padre y a ese coche. Al momento en que se fue de casa y vio por el retrovisor el reflejo de sus padres cogiéndose de la mano. Mezclados con el polvo levantado por las ruedas hasta desaparecer.

—Bueno, venga, vamos ahí delante del escenario —dice Luis mientras se levanta.

—¿Cómo? —refunfuña Diego siguiéndole.

La silueta de Luis se abre paso lentamente. Las luces al fondo hacen que se recorte ante los ojos de Diego, como una sombra que avanza lenta entre cuerpos que la ignoran. No puede ver la sonrisa de Luis, pero la intuye. Es incapaz de reconocer la música, es una banda con un par de cantantes y un amplio repertorio. Logran que el espacio que hay delante del escenario se llene de gente que grita la letra de las canciones. Una catarsis. Se rescatan los éxitos del verano presente y se mezclan con las canciones que sonaron todos los veranos anteriores. La gente se deja ir entre recuerdos y bailes sencillos. Con un vaso de plástico grande lleno de hielos y bebidas frías. Luis se incorpora a esa multitud compacta y se queda quieto, mirando fijamente a los dos cantantes que van de un lado a otro animando para que nadie se detenga, porque la noche acaba de empezar y ellos quieren volver el año que viene. Con suerte alguien de un pueblo cercano los está escuchando, puede que un concejal o incluso un alcalde, y al terminar dentro de unas horas quizá aparezca una tarjeta con un número para su representante. Luis sonríe y Diego le alcanza en el momento en el que el estribillo de una canción se rompe entre todos los que están a su lado. Las manos arriba, las manos abajo. Sonrisas en todos los rostros, parejas abrazándose y amigos que se hablan muy cerca unos de otros, agarrándose del cuello para decirse que nunca se van a separar. La de mentiras que se dicen en unas fiestas de pueblo, la cantidad de mejores amigos que uno tiene en ese paisaje y la facilidad con que se olvidan cuando amanece al día siguiente.

Diego observa a Luis y se percata de que está sudando. Es un sudor apenas perceptible, como la condensación en la superficie de un vaso con hielo en verano. Pero la piel de su frente está húmeda y s⁻u nariz se expande y contrae con cada respiración. Está afilada. Luis no se mueve y mantiene los ojos fijos en el escenario. Pero ya no mira igual, sus ojos se dirigen hacia los que cantan, pero están atrapados unos metros más atrás. Distantes e incapaces de fijarse en nada. Luis está pálido, Diego toma una de sus manos y siente que está helada. Se sitúa delante de él mientras le toma el pulso poniendo su dedo índice sobre la muñeca. El corazón está acelerado y late frágil, la sangre en la arteria golpetea la piel, parece el aleteo de un pájaro diminuto intentando huir de una jaula. Luis separa los labios y sonríe instantes antes de perder el conocimiento y caer.

En la carretera
22 de agosto de 2019

Los ojos de Fernando se cierran. Llevan sin hablar un tiempo y la carretera se ha convertido en una mancha negra que se marca a los lados por líneas blancas intermitentes. La radio ofrece un tono monótono, llenando el habitáculo de un discurso repleto de palabras que nadie escucha. Las noticias del día y las opiniones resbalan ahí dentro. Solo los comentarios sobre deportes hacen que Fernando mire un momento el reloj para darse cuenta de lo tarde que es.

En el horizonte ha desaparecido el sol hace un buen rato. María permanece con la mirada fija y mantiene el teléfono en su regazo. No quiere reconocer que quizá estén en un error. Puede que estén viajando hacia ningún sitio, puede que su hijo no esté allí a donde van. ¿Y si se equivoca? No puede permitirse un error así y sabe que no se perdonaría perder esa especie de apuesta que se ha hecho consigo misma. Reconoce el territorio que atraviesan, la llanura que ahora no ve es la de siempre. Los mismos hitos en la carretera, los mismos vacíos y las mismas señales hasta llegar a su pueblo. En la distancia se encienden las luces dejando ver así los pequeños pueblos que flanquean la carretera. Sitios que parecen no existir y de los que apenas nadie se preocupa.

En los asientos de atrás una bolsa de plástico es el testigo de su última parada. Se detuvieron a echar gasolina, ir al servicio y comprar algo de comida y bebida. Bajo la radio del coche descansan dos latas abiertas. Sin decirse nada han decidido que no van a parar hasta llegar. A donde sea, da igual, pero a llegar. Han comido rápido, sin hambre, y se han montado en el coche. En silencio y encendiendo la radio tan pronto como han recuperado la autovía. Comportándose como autómatas hacia un lugar indeterminado.

Fernando intentan no pensar en lo que están haciendo. Ha puesto otra vez el coche a una velocidad fija para descansar su pie izquierdo. Confía en que su mujer tenga razón, pero es incapaz de contener la sensación de que quizá no encuentren nada al final del camino. Intenta que la idea de no volver a ver a su hijo no se haga demasiado grande. Pero le cuesta. Se pregunta cuántas cosas puede hacer mal un padre y no darse cuenta. También se pregunta si es justo lo que viven, si han hecho algo que los haya llevado a estar de noche y en la carretera echando la vista atrás porque lo que tienen delante no es más que dolor y frío.

María observa la pantalla del móvil. Descubre que le queda poca batería. Busca en la guantera un cable para cargarlo y conecta el teléfono al mechero del coche. Suena una campana y la imagen de una pila en la pantalla se pone de color verde y comienza a parpadear. Ella también duda, pero intenta disimular. No entiende por qué Luis tomó la decisión de irse, pero es capaz de entender que en la vida de su hijo demasiadas cosas se han hecho porque se debían y muy pocas porque se necesitaban. Quizá debían haberle escuchado, puede que no estuvieran atentos a las señales y ahora esa sensación se hace lentamente con más espacio en su cabeza. Como el agua que se absorbe en un paño, que paulatinamente infiltra y captura cada parte de la tela hasta dejarlo todo empapado.

Un cartel blanco surge en la oscuridad a la derecha. Fernando y María se incorporan en los asientos. El pie izquierdo de Fernando se despierta y cae de nuevo sobre el embrague. El vehículo disminuye la velocidad, no es algo que haya hecho adrede, es un hecho que surge como consecuencia de la lectura del nombre que aparece en el cartel. María siente un hormigueo en el estómago y niega discretamente con la cabeza. Reconocen en ese cartel, en ese desvío, un daño profundo que les hace recuperar la sensación de vacío. A la derecha, a unos cientos de metros, pueden ver un pueblo de casas bajas al que se entra por una larga calle. Al fondo, iluminada por focos que golpean ladrillos viejos y madera, la iglesia se alza sobre el horizonte ya negro. Como un faro que atrae las miradas de Fernando y María. Saben que ahí debajo, en una de sus calles, sintieron esperanza. Quizá fue la última vez que pensaron que aquello podría terminar de una forma distinta. Los dos miran la iglesia y piensan. Se castigan por dejarse llevar, los dos se enfurecen, pero no dicen nada. María libera la mano izquierda del móvil y alcanza la mano derecha de su marido. Los dos se cierran el uno en el otro mientras el cartel que indica la salida al pueblo se hace más grande, se puede leer, y luego queda atrás como un fantasma que desaparece en la noche.

Fernando acelera el coche y María separa la mano para que regrese a su regazo. Vuelve a mirar al horizonte. Siguen su camino intentando olvidar el nombre de ese lugar.

En la carretera
22 de agosto de 2019

Diego se abre paso entre la gente.

La camilla va delante, a unos metros, y solo puede ver la espalda del enfermero y el técnico que la empujan. La gente da un paso a un lado, mira, tuerce el gesto y sigue con lo que estaba haciendo. Diego les golpea para intentar no alejarse demasiado. No dice una palabra para que entiendan que acompaña a la persona que está bajo la máscara con una bolsa de oxígeno.

Abandona el recinto ferial y giran hacia uno de los laterales. Junto a la entrada con las luces descansa una ambulancia de color amarillo con las puertas traseras abiertas. Apoyado sobre uno de los laterales un hombre vestido a juego con la pintura de la furgoneta fuma un cigarrillo. En cuanto los ve aparecer se dirige hacia ellos para echarles un mano.

—Joder, está palidísimo, a saber lo que se ha fumado el colega —exclama al llegar.

Sin hablar con sus compañeros empujan la camilla hacia el interior del vehículo. Las ruedas se pliegan y con un chasquido el paciente queda fijado en el suelo.

—De aquí no se mueve. Me voy a seguir fumando, que mañana lo dejo —farfulla el conductor antes de bajarse.

El enfermero abre un compartimento de la pared y extrae una aguja envuelta con una camisa de plástico de color rosa. Después saca un suero de una mochila que hay el suelo y lo cuelga de una percha que está en el techo. Toma una tira de goma y la ata al brazo de Luis. Las venas que están por debajo de la cinta de goma se llenan mientras el enfermero limpia con alcohol la piel. Palpa con cuidado e introduce lentamente la aguja. No tarda en encontrar sangre. Después se ayuda de una jeringa para extraer una pequeña cantidad, empuja el suero al interior, y con la ayuda de una pequeña alargadera conecta la vena de Luis a la bolsa que antes tenía colgando del techo.

—Mete la muestra de sangre en el aparato de gasometría —dice el enfermero al técnico—. Este chaval tiene una pinta horrible, si me dices que se ha escapado de un hospital me lo creo.

Diego observa desde fuera la escena. Sobre el pecho de Luis descansan varias pegatinas, y en el índice izquierdo le han puesto un sensor para medir el oxígeno en la sangre. Observando los valores que devuelven los aparatos Diego entiende dos cosas.

La primera es que Luis no tiene mucho tiempo. Su corazón va tan rápido como puede para mantener la llegada de oxígeno a distintas partes de su cuerpo. Es probable que los niveles de hemoglobina sean tan bajos como para necesitar una transfusión. Pero ya no les quedan más transfusiones salvo que decidan ir al hospital. Y si van al hospital se terminaría el viaje. Escapar dos veces sería hacer malabares con una enfermedad que ya no permite más exhibiciones de ningún tipo.

La segunda cosa que entiende Diego es que no será posible terminar el viaje tal y como lo habían planteado. Consideraron el dolor como motivo fundamental para no poder seguir avanzando, olvidaron que para que algo duela tiene, entre otras cosas, que existir, que seguir estando. Y su enfermedad sigue progresando. El monitor no para de pitar, muestra un déficit de oxígeno en sangre, que tarda unos minutos en normalizarse. Luis está buceando en seco y cada respiración es salir a la superficie para tomar aire e intentar no ahogarse hasta el próximo esfuerzo.

Diego permanece en silencio, sintiéndose lejos. La feria, detrás, emite un ruido sordo que se mezcla con el latido del corazón en sus tímpanos. Han llegado hasta allí para nada, porque ahora será imposible hacerle salir de esa camilla y de esa ambulancia.

—Oye, chaval, ¿vas con él?

Diego regresa y mira al enfermero que tiene delante.

—Sí, perdona.

—¿Quieres subir? Es que así tengo que gritar menos.

—Claro.

Diego se sube en la ambulancia. Puede ver que Luis tiene los ojos abiertos y levanta las cejas al verle, está pidiéndole disculpas por el error. Diego se muerde el labio inferior y asiente.

—Me bajo con Pepe a echar un cigarrillo. Cuando vayamos a salir me avisas —el técnico pasa junto a Diego, que se hace a un lado clavándose el pequeño extintor que tiene detrás. Después mira cómo el hombre que acaba de salir, más bajo que él y de hombros anchos, avanza unos metros hasta alcanzar a su compañero.

—¿Cómo está? —pregunta Diego.

—Pues regular —el enfermero mira a Luis y mueve los ojos, no quiere hablar mucho—. Le hemos hecho una cosa que se llama gasometría, y por los resultados que han salido no nos queda más opción que tirar para el hospital.

El enfermero le enseña a Diego un papel sin saber que es capaz de interpretar los resultados. El valor de hemoglobina añade certeza a lo que antes era mera presuposición.

—Entiendo, ¿y cuándo nos vamos?

—Se encuentra estable, con oxígeno y suero estará mejor. En cuanto mis colegas terminen de fumar nos vamos.

—Claro —Diego hace una pausa—. ¿Me podría dejar con él un momento para que se lo explique? Puede que no nos haya escuchado con todo el jaleo que hay por la música.

—Por supuesto.

El enfermero se baja de la ambulancia y cuando está en el suelo se da la vuelta.

—Os cierro la puerta para que podáis hablar más tranquilos.

Tras el clac de los cerrojos la música desaparece. A Diego siempre le sorprende lo bien insonorizadas que están las ambulancias. Solo se escucha el oxígeno fluyendo hacia la máscara de Luis y el pitido constante que marca el corazón al ser monitorizado. Luis continúa con los ojos abiertos, fijos en el techo, con la piel ya seca y un color ligeramente rosado en los labios.

—Vaya baile más raro —suelta.

—¿Qué dices?

—Que vaya mierda de baile. Me apetecía dar unos pasos, siempre me había dado vergüenza bailar y pensé que hoy sería el día. Este pueblo siempre contrata a las mejores orquestas.

—¿Has venido más veces aquí?

—Claro, todos los veranos, a ver si te piensas que yo me

iba a sentar —Luis se detiene para tomar aire—... yo me iba a sentar en cualquier sitio a cenar algo. El aceite de freidora y la leña que usan aquí son del pueblo de mi madre.

—Vaya.

—Tan tonto no soy, aunque lo parezca.

Ambos se quedan en silencio y de nuevo el oxígeno y el corazón ponen música a la verbena. Diego se mueve incómodo y no puede evitar tocar el suero para leer de qué tipo es.

—Luis, te van a llevar al hospital. Han visto que tienes una anemia terrible, a la que hay que sumar que necesitas oxígeno y que tienes un aspecto que da miedo.

—Más que de miedo, debe de ser un aspecto de mierda —le interrumpe Luis—. No hace falta ser sanitario para darse cuenta. Pero no pueden llevarme al hospital. Ahora no, así que a ver qué nos inventamos.

—No puedo inventar nada Luis, de hecho estoy por llamar yo al hospital o a tus padres para que sepan dónde estamos.

—No lo hagas, mis padres están bien. Entenderán lo que ocurre. Estamos muy cerca de llegar y no quiero que se termine aquí —Luis se sienta sobre la camilla—. No podemos dejarlo ahora, Diego.

—¿Qué hacemos?

—Yo qué sé, tú eres el médico.

—Claro, pero con eso no basta. O te ponemos sangre o, al menos, te tenemos que poner oxígeno para terminar el viaje.

—Pues ya sabes.

Luis sonríe bajo la máscara. Al mismo tiempo, con su mano derecha coge el tubo transparente que sale de su mascarilla, atraviesa la parte trasera de la ambulancia y conectado a una bombona blanca donde se puede leer OXÍGENO en uno de sus laterales. Junto a esta descansan dos bombonas iguales.

—Si es por oxígeno, lo mismo tenemos aquí el suficiente para hacer más de un viaje —dice Luis mientras Diego niega con la cabeza.

En el exterior, el conductor, el técnico y el enfermero charlan. Miran las luces de la feria, siempre les da pereza hacer turnos en sitios así. Resulta habitual que tengan que realizar varias intervenciones y siempre se llevan algún susto desagradable. Las fiestas son buenas cuando te encargas de disfrutarlas, cuando lo que toca es sufrirlas suelen ser peores. El enfermero echa un vistazo al reloj y descubre que son casi las doce de la noche. No deberían demorarse mucho en llevar al paciente al hospital. Cuando el conductor termina su segundo cigarrillo este hace el gesto de ponerse en marcha. En ese mismo instante las luces de la feria se apagan, todas a la vez, y el cielo se llena de fuegos artificiales. Los tres miran hacia arriba, sorprendidos, y sin decirse nada, se permiten unos minutos más de descanso antes de continuar con su trabajo. Todos permanecen como niños pequeños totalmente capturados por el juego de luces.

Cuando termina el espectáculo y se giran, ven que no tienen nada delante. La ambulancia ha desaparecido.

El conductor echa la mano a uno de sus bolsillos mientras mira a sus compañeros. Después abre la boca.

—La verdad es que así va a ser imposible dejar de fumar.

Campamento, un lugar en el sur
16 de junio de 2018

Los últimos días de campamento son como un parpadeo. Ocurren, pero no te das cuenta. Los chavales disfrutan cada minuto de lo que hacen, no les importa el paso del tiempo. Ignoran, en un trato con sus propias conciencias, que cada vez es menos lo que les queda para regresar. Terrible verbo ese de la primera conjugación, porque regresar en según qué circunstancias es una condena.

Las dos semanas han transcurrido sin ninguna incidencia. Los monitores están sorprendidos, pues no es infrecuente que tengan que hacer alguna que otra visita al hospital. Los pediatras de los alrededores no están acostumbrados a ver a niños con esas enfermedades y más de uno se pone más pálido que los pacientes que les llegan. Pero esta vez no ha ocurrido nada, tan solo han tenido desayunos copiosos, paseos por la playa, juegos, comidas llenas de caprichos, más juegos, historias, películas en el cine de verano y cenas basadas en todo tipo de patatas fritas y homenajes increíbles a la comida basura. Si alguien estuviera buscando etiquetas para definir lo vivido durante los días de campamento es probable que la felicidad fuera una de las palabras más repetidas. Y a eso era a lo que iban, a ser felices, a olvidar. A no darse cuenta de lo que uno tiene encima y dejar que los segundos le atraviesen como si no importaran las consecuencias.

Luis y Eva establecieron una rutina que se consolidó con los días. Siempre se quedaban los últimos tras el desayuno. Ellos creían que nadie se había dado cuenta de su estrategia pero que les dejaran siempre las mismas sillas libres era un trato invisible hecho por los compañeros. Tras el desayuno ya no se separaban. Los monitores conspiraban para que esa unión se mantuviera. Se diseñaban las actividades para que siempre fueran por parejas. Excursiones, juegos, tardes de lectura o visitas a algún que otro pueblo. Eva y Luis se contaban la vida y sus recovecos de forma constante y sin apenas interrupciones. Se llenaron los días de preguntas y secretos. Tejiendo una red en la que solo podían descansar ellos. Hablaron dejándose el uno en el otro. Eva le explicó a Luis que lo que deseaba era estudiar arte dramático en la universidad. Que eso de vivir en un pueblo junto al mar estaba muy bien, pero que debía de ser mucho mejor ser otra persona en tantos sitios como pudiera. Alegre, triste, seria, terrible o serena. Y se lo explicaba a Luis poniendo caras y gesticulando mucho. Haciendo de cada deseo una obra de teatro que se rompía delante de los ojos de un Luis que no podía dejar de mirarla, atrapado en ella.

Luis descubrió que estar enamorado es pensar en otro cuando te despiertas. Desayunaba para ella y solo quería escuchar cómo le contaba sus deseos para mezclarlos con sus sueños. No quería más que estar ahí, a su lado. Siendo los dos una parte del otro. Luis callaba muchas palabras y cada vez que Eva le preguntaba por sus deseos prefería charlar de lo que tenían cerca. A Luis le daba miedo hablar de lo que venía porque se le parecía demasiado a lo que había dejado detrás. Explicaba que de mayor no tenía claro qué quería ser, en realidad lo que tenía muy claro era lo que no quería. Odiaba eso de ser médico o enfermero. Nada de estar en un hospital haciéndole cosas a nadie para que se cure o para saber qué le pasa. Mejor no saber lo que hay en sitios como ese hasta que sea irremediable. Pensaba que él ya había tenido suficiente con su adolescencia en pijama como para encima llevarse el peso de los demás a casa. No sabía lo que haría con su vida. Bueno, en realidad sí tenía claro algo, hiciera lo que hiciera siempre sería el primero en ir a los estrenos de Eva. No se perdería ninguna primera vez con ella.

Antes de cenar el grupo al completo es convocado en la puerta del comedor para hacerse una fotografía. Unos se sientan en el suelo, otros se quedan de pie. Los monitores en los lados. Ahora mirad a cámara, sonreíd, muy bien, ya está hecha. Después, como es costumbre tras la cena de la última noche se enciende una hoguera. Los niños y los monitores se sientan alrededor del fuego. Una vez están todos sentados, uno de los monitores se pone de pie. En este caso es el nuevo el primero en hacerlo. Es uno de los residentes del hospital, un chico joven que ha decidido hacerse oncólogo pediátrico y que ha venido al campamento para conocer mejor a los enfermos. Todavía no sabe que no hay nada más peligroso para un médico. Cuando por fin se hace el silencio, carraspea y explica lo que ha aprendido esos días. Habla de lo que le llevó a hacerse médico, lo mucho que le ha costado, y recuerda a sus padres. En un momento dado mira a Luis. Como si los dos se dijeran algo sin palabras. Una vez que el monitor termina, se sienta, y todos los demás se van poniendo de pie uno a uno. Lo hacen comenzando por el que queda a la izquierda del primero que ha hablado. En el sentido de las agujas del reloj se escuchan historias, chistes, anécdotas y un par de canciones que enseguida todos cantan porque se han convertido en el himno de aquellos días. Cuando le llega el turno a Eva todos observan embelesados cómo representa el susto que se llevaron con un perro cuando paseaban por el bosque. También se sorprenden al oírla hablar de sus padres y de ese restaurante al lado de su casa en el que echa los veranos. Ella nunca hacía vacaciones, y estar con ellos le había enseñado que hay que tener perspectiva hasta para poder quejarse. Les da las gracias por cambiar la suya. Al terminar mira a Luis, que sonríe y baja la cabeza. Siguen las palabras y en el turno de la enfermera los niños empiezan a aplaudir cuando les da las gracias por dejar que sea tan pesada con las normas y los medicamentos. Tras ella se levanta Luis, que comienza diciendo que no tiene ganas de hablar. Los demás le abuchean y él siente un pequeño pinchazo en la pierna derecha. Sonríe y les pide que se callen haciendo un gesto con la mano. Después mira a sus compañeros y les da las gracias. Pasea sus ojos por cada uno de ellos hasta detenerse en Eva. Sin decir más todos entienden que Luis se marcha de allí con un dolor más grande que el que trajo en la pierna. Cuando termina de hablar el crepitar de las llamas le pone banda sonora a Luis mientras vuelve a sentarse en el suelo con dificultad.

El monitor que habló al principio se pone de pie y saca un papel que llevaba doblado. Explica que ha escrito algo que lo quiere quemar. Lo lanza al fuego y posteriormente, despacio, el resto le imita dejando que las llamas se alimenten de dudas e incertidumbre. Secretos que se visten de cenizas. Luis y Eva doblan el papel, dan un paso al frente y dejan que el fuego queme lo que más miedo les da.

En la carretera

23 de agosto de 2019, de madrugada

El coche se detiene dando un frenazo. Desde que han salido del pueblo a toda velocidad, no han podido pararse un segundo a comprobar que todo está bien. La puerta del conductor se abre y Diego rodea el capó hasta llegar a Luis. Abre la puerta e introduce la cabeza en el interior. Después se dirige al maletero, revuelve en su interior, coge un par de pastillas y el fonendoscopio. Es la primera vez que lo usa desde que han salido del hospital. Le pide a Luis que se eche hacia atrás mientras le sube la camiseta. Puede ver cómo sus músculos intercostales se marcan con cada inspiración. Sitúa la membrana en el pecho y escucha el latido del corazón. Rápido, muy rápido, dejando escapar un bufido al final de cada esfuerzo. Después lo desplaza por el resto del tórax y escucha un ruido semejante al del papel arrugándose. Mientras hace la exploración observa el rostro de Luis. Está con los ojos cerrados, concentrado en respirar. Tiene la nariz afilada y aletea. Las gafas de oxígeno insuflan a través de sus fosas nasales el aire que surge de la bombona que llevan tumbada en el asiento de atrás. Tuvieron que hacerlo muy rápido para que no les pillaran. Primero llevar la ambulancia hasta su coche. Después bajar a Luis, sentarle y volver a la ambulancia para sustraer las tres bombonas de oxígeno restantes. Todo eso ante la mirada sorprendida de los que pasaban por allí, que iban de fiesta y se encontraron con un espectáculo inesperado. Y además sin percatarse de que la mujer del hotel los miraba desde lejos sin entender nada, pero con la suficiente intuición como para saber que al chaval sin pelo le pasaba algo y que el chaval con pelo estaba robando algo. El tal Ulises seguía con su odisea. Diego tampoco se dio cuenta de que la señora entraba en el hotel, se dirigía al mostrador y buscaba un número en un listado. Después cogió el teléfono, llamó a la policía y explicó que no sabía lo que estaba viendo, pero que estaba claro que aquello era tan extraño como para requerir su presencia.

Cuando Diego ha terminado de explorarle toma las dos pastillas y le dice a Luis que abra la boca.

—Levanta la lengua un poco.

Luis mueve la lengua para que Diego deposite debajo de ella las pastillas de color blanco que enseguida comienzan a deshacerse. El fármaco atraviesa la mucosa lingual y baña lentamente la sangre. Comienza una travesía por el cuerpo de Luis que le conducirá a dos sitios fundamentales. En uno borrará el dolor, en el otro borrará la sensación de falta de aire. Luis no tarda en sentirse mecido, más tranquilo, y sin casi percatarse, su respiración ya es más pausada y tranquila. Un barco que mecen las olas después de haber navegado bajo una tempestad.

Diego vuelve a su sitio. En el arcén piensa en lo que debe hacer. Haber robado el oxígeno y tomado la decisión de no llevarle a un hospital ha convertido el viaje en algo distinto. No pueden volver y tiene miedo de continuar. Tiene la terrible sensación de haber engañado a Luis, de haberle prometido algo que no podía cumplir. Incapaz como médico e incapaz como amigo. Incapaz, llenando las siete letras de la palabra. Se fija en sus manos y en cómo las tiene apoyadas en el coche, y detrás puede ver el cuentakilómetros con la marca de su padre. Quizá por él empezó todo y quizá sea un mensaje estar de madrugada en el arcén. ¿Y si no tiene sitio en ningún sitio? La respiración de Luis es apenas perceptible y Diego siente la necesidad de coger su teléfono móvil y encenderlo. Porque de su padre transita a los padres de Luis y no puede evitar pensar en que puede que aquello tampoco sea justo para ellos. Sus manos caen del volante y comienza a buscar en uno de sus bolsillos. Diego llora despacio, lento y profundo. Sin permitir que sus lágrimas escapen del espacio que su piel deja entre esclera y párpado. Sus lágrimas se quedan quietas y se amontonan, con vértigo a seguir el viaje por el rostro porque las lágrimas que viajan no vuelven jamás. Comienza a teclear.

—¿Qué haces con el móvil? —pregunta Luis siseando las palabras—. ¿Has enviado un mensaje?

—No, no, tranquilo —Diego se lleva el dorso de la mano izquierda a los ojos para secarse las lágrimas—. Solo comprobaba que lo tenía en el bolsillo. Con el lío del robo de la ambulancia y lo de llenar el coche de oxígeno me ha dado por pensar que lo había perdido.

—Ya —dice Luis, inspirado—. Ha debido de ser un espectáculo estupendo. El primer robo a cámara lenta de la historia.

—Si fuera una escena para una película no sería creíble en absoluto —añade Diego.

—No, la verdad es que no —Luis habla con la voz llena de ruidos acuosos, como si en el pecho tuviera una esponja que se exprime con cada frase—. A ver, te voy a pedir un favor.

—¿Otro?

—Sí, lo siento, pero es que no me sale otra cosa que pedirte favores.

—Dime.

—¿Podemos esperar a que amanezca antes de seguir?

—Claro.

Diego apaga el motor y se apoya en el asiento. Resopla y tiene frío. Piensa en el frío y se gira hacia Luis. Después va al maletero y encuentra una vieja manta para ponérsela por encima. Luis mantiene los ojos cerrados. La nariz ya no aletea y parece sonreír tranquilo. Fuera se empieza a oír el tintineo de los pájaros al despertar. Mantienen esa conversación que no entendemos pero que todos sabemos cómo suena. El sonido de nuestros ojos cerrados a primera hora de la mañana, tumbados en la cama y abrochados a la sábana. En esos segundos en los que salir de ahí, abandonar el sueño, es un castigo que no queremos pagar.

Diego y Luis dormitan en el coche cuando el sol comienza a saludar por el horizonte. Una bola roja que tiñe de naranja el suelo y se alza despacio ante sus ojos. Sienten lentamente el calor de su tacto. La luz va recobrando despacio el territorio cedido a la noche, y lo que antes era oscuridad se tiñe como si alguien hubiera lanzado cubos de pintura sobre cada planta, cada metro de tierra y cada animal escondido.

Ante ellos se alza un continuo incesante de olivos. Árboles de tronco ancho y lleno de nudos que se unen a una tierra de color rojizo. Con pequeñas colinas que suben y bajan pero que no se desprenden de un verde y rojo que hace espectáculo con la luz. Diego y Luis abren los ojos y observan el modo en que lo que tienen delante cambia. Frente a ellos, sobre una de las colinas, una especie de piscina enorme almacena en su interior el agua acumulada de la lluvia. Sobre el agua se refleja el cielo, como en espejo, y pueden ver cómo los pájaros hacen círculos alrededor buscando dónde beber. Luis se incorpora y en un esfuerzo sale del vehículo. Da unos pasos y se sienta sobre el capó del coche a mirar alrededor. Diego hace lo mismo y se sitúa junto a él.

—Mira, ¿ves ese pueblo?

Luis señala un cerro sobre el que descansan, como tiradas ahí sin orden, casas e iglesias. Nieve de piedras en orden sobre una montaña, ante ellos se dibuja un conjunto de pequeños edificios marrones que se mezcla con el pico y traza un lugar distinto y complejo en la distancia.

—Si ponemos atención —continúa Luis— quizá podamos oír las campanas.

Luis se pone de pie y da un par de pasos, hasta quedar a unos centímetros de la tierra roja que se hace mar con los olivos hasta el infinito. Apenas puede andar por la cojera y Diego hace un esfuerzo por dejar lejos su capacidad de percatarse del deterioro. Los segundos son ahora un peso enorme en el cuerpo de Luis.

—En aquel sitio —dice Luis con esfuerzo —mi madre siempre recuperaba el acento y mi padre se hablaba con todo el mundo a pesar de no conocer a nadie.

—No sé qué pueblo es.

—Pues es un pueblo —sigue Luis sin girarse —en el que para ir a cualquier sitio hay que subir y que para volver de cualquier sitio hay que subir también. Me recuerda un poco a la vida.

—Te pones profundo —sonríe Diego.

—Es lo que hay. Que conste que eso no lo tenía preparado... pero es un pueblo bonito. Me apetecía verlo. Las veces que he estado de feria en el sitio de la ambulancia siempre volvía al amanecer. Verlo así de nuevo es lo apropiado después de la juerga que hemos tenido.

—¿Tan pequeño volvías de madrugada? Si eres un enano, cómo ibas a venir a esas horas.

—En los pueblos es todo distinto, hasta la manera de irte de fiesta y la hora a la que vuelves a casa —tose Luis.

—¿Estás bien?

—Sí, bueno, no, pero ya me entiendes —dice Luis mientras vuelve a sentarse en el capó del coche—. Dicen que esto que tenemos delante es un mar, y para mí eso de ahí sobre el cerro era el puerto donde tenía mi mejor casa.

—Entiendo, tendré que visitarlo algún día. Nos venimos los dos y me enseñas dónde ponen las mejores tapas.

—Algún día, eso es —concluye Luis.

Se levanta del capó y regresa al asiento. Cierra la puerta despacio y se gira para ponerse de nuevo las gafas con oxígeno. En cuanto siente que el aire llega a sus pulmones cierra los ojos y descansa. Su corazón está agitado y se pone la mano en el pecho intentando tranquilizarlo. Diego enciende la radio y busca una emisora con música. Después mira unos instantes el mar de olivos, la tierra roja y el pueblo sobre el cerro, recortado sobre el cielo azul y rompiendo la línea del horizonte. De algún modo sabe que volverá. Después mira a Luis, que mira a su vez la pantalla brillante de su teléfono móvil, y arranca el coche.

Campamento, algún lugar en el sur
17 de junio de 2018

Los autobuses despiertan con su ruido al campamento. Las mochilas se amontonan en el suelo y los monitores se mueven de un lado a otro comprobando que están todos los pasajeros. Se aseguran de que no se dejan nada ni a nadie atrás. De uno de los autobuses desciende uno de los responsables llevando un montón de sobres de color marrón. En el interior está la fotografía que se hicieron el día anterior. Comienza a repartirla entre los niños, para que tengan un recuerdo de aquellos días. Luis y Eva reciben juntos su copia. Ambos la miran y después se observan y se sonríen. Eva da la vuelta a su fotografía y busca un bolígrafo de color rojo de uno de los bolsillos de su mochila. Escribe detrás su dirección.

—Te la regalo —dice Luis mientras le entrega la fotografía.

Luis se sorprende y rápidamente coge también su fotografía. Le pide el bolígrafo a Eva y aunque no le gusta el color rojo, porque cree que solo se debe usar para lo que está mal, escribe también su dirección en la fotografía que le han dado a él.

—Aquí tienes mi regalo, perdona pero está sin envolver —bromea.

Guardan las imágenes en el sobre y después en la mochila. Los monitores empiezan a llamarles y saben que se tienen que separar. Se dan un abrazo que termina en un pequeño beso en los labios. Escuchan aplausos a su alrededor. Después toman sus bolsas y se marchan cada uno a un autobús. Dejan el equipaje en el maletero y suben.

Los vehículos están aparcados uno al lado del otro, en paralelo, así que pueden verse. Luis se detiene un segundo delante del conductor y descubre que no es el que les trajo a la ida. Le explica lo de la lista de música que quieren que ponga el hombre asiente mientras le da un número para que se la envíe por teléfono. Eva espera hasta que Luis termine de hablar con el conductor para comenzar a andar por el pasillo del autobús. Caminan en paralelo hasta la última fila. Se tienen al otro lado del cristal y se sonríen. No escuchan el ronquido del motor ni el ruido de las puertas al cerrarse. En el autobús de Luis empieza a escucharse la música instantes antes de ponerse en movimiento. Se dicen adiós con la mano. Eva queriendo volver a verle y Luis con la extraña certeza de que eso no ocurrirá jamás.

Madrid
11 de mayo de 2017

—Yo tampoco querría estar aquí, como ninguno de vosotros. Claro. Hablo el primero porque me ha tocado, pero ganas tengo cero. Me gustan mucho las películas, apunto diálogos, y a veces también me hago películas, pero mentales. No os riais. Aquí nos conocemos todos, nos hemos estado viendo por los pasillos desde hace varios días. No son las mejores condiciones, pero es lo que toca. Por ejemplo, ella y yo llegamos prácticamente a la vez. No te molestes, pero creo que tú tienes una enfermedad de la sangre. A mí me ha tocado una enfermedad en los huesos. Al menos en uno de ellos. Mi diagnóstico fue extraño. Estaba jugando a fútbol con mi equipo y me caí a mitad del partido. Recuerdo el corazón acelerado, una opresión en el pecho, no poder respirar, y que cuando abrí los ojos solo veía a mi padre y un montón de sombras alrededor. Como los vigilantes esos de Azkaban cuando salen en Harry Potter. Es cierto que llevaba varios días con molestias. Incluso me despertaba por la noche y de vez en cuando me costaba respirar, pero yo no quería darle importancia. Pensaba que era por el crecimiento o los exámenes o la adolescencia que es una mierda. Con perdón. Pero qué os voy a contar. Hostia, es que veía a la gente de nuestra edad hacer una vida normal y yo solo intentaba que no se notara mucho que estaba jodido. Perdón por las palabrotas, pero con estas pintas alguna licencia me he de poder tomar. La cuestión es que he venido a esta reunión porque al parecer es bueno que hablemos. Eso dice ella. Ignoro a qué le tenéis miedo vosotros, pero me juego el pelo a que rondamos más o menos todos la misma idea. A mí no me gusta que me hablen ni de mañana ni de pasado mañana. Suficiente tengo. En este sitio se nos dicen un montón de palabras. Constantemente hay gente alrededor que piensa que debe preguntarte por tu estado o decirte algo para que te animes. Es agotador, con lo bien que se está en silencio de vez en cuando. Que quede claro que yo estoy superagradecido a la gente que nos cuida, sobre todo a las enfermeras que son más majas que nadie, pero es imposible que con tanta verborrea nos hagan olvidar la única palabra que no quiere pronunciar nadie. Mira, como Voldemort en Harry Potter, la segunda vez que uso ese símil. Es que me gusta mucho, no puedo evitarlo. No me miréis así, no me refiero a la muerte, la palabra no es esa, al menos no es esa por ahora. Pero aquí decir la palabra cáncer es el Voldemort de los que van de blanco. Con los más pequeños lo entiendo, pero con nosotros, que tenemos unos años, no pasa nada por hablar de ello. Me piden que me siente a contar mis penas, pero nadie se atreve a ponérmelas delante. Más sinónimos y evasivas que yo cuando no me quiero terminar las verduras del menú del hospital. Vaya menú, por cierto. Una cosa que estaría fenomenal, y en eso estaréis conmigo, o puede que no, yo qué sé. El caso es que estaría muy bien que nos hablaran también a nosotros. Aquí es como si hubiera vuelto a tener tres años. O menos. Mis padres son el destino de todo lo que me concierne y ellos hablan por mí como si fueran ventrílocuos. Deben de creer que no me estoy enterando de nada o algo así. Se deben de pensar que no nos damos cuenta de cómo cambian las caras. Desde que llegamos al hospital no paramos de ver a las mismas personas, todo el rato y sin parar. Sabemos cuándo alguien tiene un mal día, imagina si no nos vamos a dar cuenta de que lo que nos tienen que decir no es bueno. Vaya chapa llevo, ya termino. Estoy al principio del tratamiento y la verdad es que me ha sentado fatal la quimioterapia durante los primeros días. Ahora estoy mejor y supongo que todos viviremos algo parecido. Cuando llegas aquí no sabes por dónde te vienen los golpes, pero poco a poco te vas haciendo. Es una rutina extraña. Por cierto, debéis saber que uno de los motivos por los que he venido a la reunión es porque me dijeron que era donde se organizaban los viajes que se hacen de vez en cuando. Los viajes que se anuncian con un cartel en la puerta de alguna de las habitaciones. Todo esto que os cuento tiene recompensa. En resumen, yo estaba jugando al fútbol, me caí al suelo y me trajeron al hospital. Aquí se dieron cuenta de que me pasaba algo importante y que no era una lesión. No puedo olvidar ni la cara de mi padre ni las lágrimas de mi madre. Nos dijeron muchas palabras extrañas y por sus gestos estaba claro que algo pasaba. A mis padres se lo debieron de decir al otro lado de la pared. Tuve la sensación de estar siempre por detrás de ellos en la información. Puede que por eso pidiera otro teléfono en cuanto entré aquí. Como si fuera un regalo por el cáncer. El antiguo para mi vida de fuera y el nuevo para la vida de dentro. Si me tienen que contar algo de la enfermedad me llaman al nuevo. Ese solo lo tienen mis padres. Mi plan es deshacerme de él cuando salga de aquí. Como he dicho lo usan solo mis padres, que tienen los dos números, pero ellos saben que tienen que usar solo el nuevo para las cosas del hospital. Es como un truco escuchar el tono del teléfono de siempre y saber que no me van a decir nada relacionado con la enfermedad. Ahí dentro está mi familia y amigos, todos. En el nuevo está la enfermedad, así no se contamina. No me preguntéis cómo se me ocurrió, pero ya os he comentado que soy muy peliculero. Así que esto es un poco lo que me pasa por la cabeza. Tengo una enfermedad jodida como la vuestra, me da miedo lo que puede pasar mañana y prefiero oír la palabra cáncer antes que sinónimos o juegos de palabras. Lo de los teléfonos ya sé que es raro, pero seguro que vosotros también tenéis vuestros secretos. Así que nada más. Ahora espero que empecéis a hablar el resto o me voy a sentir como un imbécil. Además, cuanto antes empecéis, antes nos podremos dedicar a lo importante. Cogemos un calendario y nos ponemos de acuerdo para cuadrar las fechas de nuestro viaje.

En la carretera
23 de agosto de 2019, de madrugada

—Sal por aquí.

Fernando gira el volante. De alguna manera sabía que su mujer le iba a pedir abandonar la carretera por esa salida. De hecho, había disminuido la velocidad del coche según se iba aproximando al cartel que anunciaba que el nombre del pueblo. Habían dejado atrás las luces de la feria en la distancia. Los recuerdos de otros veranos en los que usaban ese mismo coche para hacer unos kilómetros hasta el polvo y el ruido, y cenaban delante del escenario. Su hijo no sabía que cuando él se marchaba con sus amigos, sus padres se convertían en espías entre la muchedumbre. Las luces de la feria eran un faro para sus recuerdos. Y ahora tocaba salir de la autovía y hacer ruta por lo que fueron.

La noche es profunda y el negro tiene las estrellas muy juntas. Todas ahí arriba dándose la mano a la velocidad de la luz. Alcanzan la carretera nacional y el vehículo comienza a serpentear. Pueden ver en el horizonte, sobre la montaña, varias luces y desde aquella altura se imaginan el tañido de las campanas. Han estado tantas veces allí que sus tímpanos se encargan de poner la banda sonora imaginaria. No pueden ver lo que queda a los lados de la carretera, pero María baja la ventanilla y permite que entre en el coche el olor de la aceituna y la tierra. Se saben rodeados de una tupida red de árboles que huelen a aceite. El olor les agranda la suma de horizonte, feria y olivos, y les hace caer en la cuenta del tipo de viaje que están llevando a cabo, de cómo el camino cambia aun sin cambiar el escenario donde se realiza. Los faros del coche lamen el asfalto dejando cada vez más cerca el cerro con el pueblo que se alza ante ellos.

—Sigue. —dice María.

Fernando se conoce la carretera de memoria. Decide ir despacio y toma las curvas con cuidado. Como si al no acelerar le estuviera pidiendo también permiso al reloj para que les diera más tiempo en menos tiempo. Las ruedas giran inexorables y terminan por agotar los metros hasta la entrada del pueblo. Sobre lo alto y siempre subiendo se adentran entre casas de ladrillo marrón poroso. Iluminadas por farolas cálidas y focos que destacan pequeñas gárgolas, esquinas de cerámica y leones congelados en un gesto que intenta dar miedo.

Fernando mira sin querer el espejo retrovisor buscando el rostro de su hijo. Han sido muchas las veces que al entrar en esas calles él se levantaba. El «ya hemos llegado» que todos los críos celebran. Pero hoy no lo tiene. El asiento vacío. A su lado, su mujer deja caer los ojos sobre las calles. Se permite llorar tres lágrimas. Una por cada uno de ellos. Y las lágrimas viajan por su rostro haciendo de la piel también su ruta. Cada arruga un dolor distinto para una mujer que se siente atrapada en el asiento de un coche. Que se sujeta al teléfono móvil que mantiene entre sus manos, como lo único que la une a su hijo. La línea invisible que atraviesa toda distancia. María piensa en el amor y se sorprende al ver en cada lugar la recompensa de haber sido feliz con él.

El coche, solo en un pueblo que duerme, avanza entre iglesias, piedras y calles que se echan encima de las casas. Tienen la certeza de que allí no va a estar su hijo. Pasean por calles en las que fueron felices, aquellas en las que no se dieron cuenta de que la vida es todo lo que haces hasta que comienzas a echar cuentas. No le buscan a él, se buscan a ellos e intentan regocijarse en esos recuerdos que nadie podrá arrebatarles. Ahí no está su hijo, y sin embargo estará para siempre, y en esta noche oscura les parece obligado pasear por lo que fueron.

Dejan al lado un mercado de abastos, con las luces encendidas y los primeros camiones descargando, y descienden por un callejón que se cae por una pendiente hasta reposar en un edificio gris. Dejan atrás el sitio donde solían aparcar el coche después de tocar el claxon para avisar de que ya habían llegado. Fernando y María no se detienen. Abandonan así los callejones y recuperan la parte nueva del pueblo, los edificios de cuatro plantas, para regresar a la carretera nacional. María sube la ventanilla y cierra los ojos. Fernando deshace el camino y cree ver un vehículo en el arcén, a oscuras. Las curvas se desenrollan, como una madeja, y siente que de verdad se termina todo. Como si regresar y retomar el destino que buscan se hiciera ahora más cierto. Mira el depósito de gasolina y entiende que si lo desea no serán necesarias más paradas. Y siente un pinchazo en el estómago. Es una forma de saber que se les terminan las excusas. El ahora se Fernando entiende que no están preparados, que no hay forma de estarlo. Detrás el cerro se aleja y el pueblo y las campanas se vuelven más un punto lejano hecho imaginación. Están ahí porque lo saben, pero podrían no estarlo. Fernando se permite una lágrima, tímida y casi vacía, antes de girar el volante. Recuperan la autovía y al incorporarse suena el teléfono. María se sobresalta y mira la pantalla. Toca a Fernando.

—Es un mensaje de texto —dice.

Y Fernando pisa el acelerador.

Madrid, regreso a casa
17 de junio de 2018

Luis baja serio del autobús. Sus padres le esperan sonrientes. Se siente culpable por no haberles echado de menos. Hacía más de un año que no se separaban en ningún momento. Su madre le da un abrazo y su padre le da un pequeño golpecito en la espalda. Después coge su mochila y se la pone sobre los hombros. Luis sabe que su padre le protege sin palabras, solo con gestos. Intenta no cojear, para no preocuparles; llegan rápidamente al coche, se sienta detrás y busca los cascos para ponerse música. Encuentra los ojos de su padre en el espejo retrovisor, que le sonríen, aparta la mirada y comienza a escribir en su teléfono de las buenas noticias.

Fernando le observa un instante. Al principio no entendía por qué quería dos teléfonos. Crear vidas estancas era un acto imposible. Después comprendió que a veces no hay motivos para tener motivos. Y le dejó hacer. No preguntaron sobre eso, no era necesario. María va sonriendo en el asiento de al lado. Está contenta por tener a su hijo de vuelta. Ahora los viajes no son como los de antes, cuando ir era lo importante. Ahora valora más quién vaya dentro y saber que eso no cambiará hasta la próxima parada.

Luis no dice nada en todo el trayecto. María ya no intenta hablar con él. Al principio se enfadaba, no entendía por qué se comportaba así. No hay madre que no intente desencriptar a su hijo, y María sufría pensando que por la enfermedad se había convertido en un secreto inexpugnable. Pero el tiempo le hizo entender que lo justo era eso, porque ella también era cada vez más silencio.

Al llegar al barrio no encuentran aparcamiento y deben dar un par de vueltas con el coche.

—Luis, ¿quieres que te deje con tu madre en la puerta de casa? —pregunta Fernando mientras le hace un gesto para que se quite los cascos.

—No hace falta papá, voy con vosotros andando.

Tras unos minutos encuentran sitio a dos manzanas del portal. Los tres caminan por la acera. Fernando y María se dan la mano y Luis va a su lado escuchando una de las canciones que le ha servido de compañía en el campamento. La música le hace sentir todavía allí. En lo que tardan en llegar al portal se cruzan con un par de vecinos. También son observados por los dependientes de las tiendas donde María hace la compra. Han preguntado mucho por su hijo y es la primera vez que pueden verle desde hace meses. Los tres sienten las miradas y entienden la amabilidad de la gente. También aceleran el paso para dejar de ser el epicentro del dolor puesto en el otro.

Ya en el portal se encuentran con el conserje que abraza con cariño a Luis. Se agradece la sinceridad que hay en la forma de actuar del hombre.

—Anda que no has crecido —le dice—. Y pensar que yo te he conocido así —pone la palma de la mano a la altura de una de sus rodillas—. Me alegra verte por aquí otra vez, pero no me pongas la música muy alta que se me quejan los vecinos.

Los tres se ríen mientras Luis asiente con la cabeza al entrar en el ascensor. Pulsan el botón del tercero y no tardan en llegar a la puerta de su casa. Madera barnizada, dos cerraduras y una mirilla circular a la altura de los ojos, como un punto de mira. Al entrar, Fernando y María vacían sus bolsillos en un pequeño recipiente que hay en el recibidor. Dejan la mochila en el suelo, Luis la coge y se dirige rápidamente a la habitación. Entra y cierra la puerta.

Las persianas están bajadas, así que enciende la luz y

deja la bolsa sobre la cama. Se sienta, abre uno de los bolsi-llos frontales y saca con cuidado un sobre marrón. Lo abre y extrae la fotografía que hay en su interior. Mira la puerta y comprueba que sigue cerrada, ignorando que en la entra-da de casa su padre y su madre se han quedado muy quie-tos mirando el pequeño haz de luz que da al pasillo. No se mueven y casi contienen la respiración.

Luis observa la fotografía con detenimiento. Analiza los rostros que hay en ella. Descubre caras que verá en los próximos días, compañeros del hospital, y caras que pro-bablemente no volverá a ver. Hace una travesía por cada gesto hasta llegar al único que le importa. Eva le observa desde el papel, sonriente. Y Luis se hace diminuto. Siente en el corazón un latido distinto y sonríe llenándose de ra-bia y pena. Percibe en sus ojos lágrimas que no van a nin-gún sitio y golpea con el puño derecho el colchón de la cama. Está ahí y está tan lejos que le duele, se quita los cascos y se escucha a sí mismo. Escucha el vacío que le ro-dea al tiempo que percibe un pinchazo en su rodilla dere-cha. Eva le mira a los ojos y en la fotografía desaparecen todos para solo quedar ellos. Ella mirándole desde el papel y él mirándola a ella en la imagen. Porque el recuerdo le da igual si no es en ella.

Luis deja con cuidado la fotografía sobre la cama. Abre uno de los cajones bajo el escritorio y busca un rollo de celo y unas tijeras. Corta cuatro pequeñas tiras y las deja pegadas en el borde de la mesa, para que sea más fácil aplicarlas. A continuación, coge la fotografía y pone un pedazo de celo en cada esquina. Se acerca a la puerta del armario y observa las fotografías que están ahí pegadas. Se reconoce en cada una y se siente lejano y distinto, muy distinto, de lo que reflejan. Le da la vuelta a la imagen que tiene en la mano y lee las palabras de Eva, su forma de escribir y el hilo de Ariadna que esas letras trazadas con tinta roja han creado para él. Ha memorizado la dirección desde el momento en que se la escribió y lee en voz baja para cerciorarse de que no hay error en lo que recuerda. Finalmente elige un sitio en la madera y sitúa allí la imagen. Aprieta fuerte en las esquinas, para que no se caiga, y cuando está seguro de que está bien sujeta da un paso atrás. Vuelve a mirar el mural que ha ido creando hasta llegar a ella. Se sienta en la cama y mira, alejándose, hasta que vuelve a sentir un pinchazo en la rodilla derecha y su mano se dirige hasta el dolor sin darse cuenta. Revisa la mochila y se pone de pie para ir hacia la ventana y subir las persianas. El sol entra tímidamente en la habitación mientras Luis abre la puerta y apaga la luz. Atraviesa el pasillo hasta llegar a la cocina, donde su madre está mirando por la ventana. Al otro lado de la pared se escucha el murmullo del televisor, su padre está sentado viendo las noticias a pesar de que no se entera de nada. No está allí.

Luis mira a su madre y se acerca a ella despacio, siente

frío. Pone las manos sobre sus hombros y aprieta ligeramente. Permanece así unos segundos, después da un paso atrás mientras ella se gira. Los dos se miran.

—Venga, mamá, te ayudo a preparar la cena.

Madrid
23 agosto de 2019, de madrugada

Pedro llega de madrugada a casa. Su mujer y sus hijos duermen desde hace un rato. Él no puede dejar de pensar en lo ocurrido en el hospital. Piensa en Luis y en sus padres. Le preocupa lo que pueda pasarle al chaval estando por ahí y en las condiciones en las que se fue. Ha pasado la tarde revisando sus analíticas y haciendo cálculos. Sabe que ya estará anémico, con el corazón latiéndole casi hasta la extenuación para mantener la llegada de sangre necesaria al resto del cuerpo. Es probable que apenas pueda hablar y es más que probable que tenga una sensación permanente de mareo. Todo eso sin oxígeno suplementario. Como pez fuera del agua. Estará en una nebulosa. Diego, al menos, cayó en la cuenta de llevarse medicinas para el dolor. Morfina y otros derivados que también le servirán para la disnea, esa sensación de falta de aire. Lo que ha hecho por Diego conllevará la creación de un comité en el hospital y, probablemente, implicará que se le suspenda la residencia. Diego ha puesto punto final a su futuro como pediatra. Pedro no puede más que culparse por eso, porque cree que quizá solo sea un error. Diego es un buen chico y tenía madera para ser un excelente médico. ¿Por qué había hecho eso?

Cansado, Pedro se deja caer en su sillón favorito del salón. A su derecha hay una pequeña mesa de color blanco donde descansan todos los mandos a distancia. Busca entre ellos hasta llegar al de la televisión y selecciona una de las aplicaciones en pantalla. La ventaja de las nuevas televisiones es que puede ver las noticias cuando quiere, así cuando regrese mañana al hospital sabrá lo que ha ocurrido el día anterior. Mejor enterarse tarde que no enterarse nunca. Busca el último telediario emitido en el canal de noticias de veinticuatro horas. Se ha preparado un vaso de agua con gas y limón, con varios hielos para que esté todo lo fría posible. Su hijo mayor se ríe de él diciéndole que se prepara *gin-tonics* homeopáticos. Pedro entiende las risas, pero prefiere no explicarle a su hijo que es mejor beber eso todos los días que un poco de alcohol de vez en cuando. Está en la edad de cuidarse, y entre trago y trago ve avanzar los titulares. En verano las noticias se repiten todos los años.

Ola de calor, incendios, mucha gente en la playa, políticos diciendo que otros se van de vacaciones estando ellos de vacaciones y sucesos a veces humorísticos y a veces trágicos. Cuando el telediario está a punto de terminar aparece en pantalla una señora con cara de susto, está delante de una ambulancia mal aparcada. Al ver el vehículo se activan las ganas de oír bien lo que cuenta. Pedro sube el volumen y escucha a la mujer decir que ella vio llegar la ambulancia, con las luces puestas, para después observar cómo un chaval pálido que cojeaba se metía en un vehículo verde mientras otro joven cargaba unas bombonas de oxígeno en la parte de atrás. Después, tras unas imágenes de una feria, en la noticia aparece el enfermero de la ambulancia explicando que solo se han llevado oxígeno, que era la primera vez que les robaban. Detrás un hombre vestido como él fuma y sonríe. Entonces Pedro entiende lo que ha visto. Se echa hacia atrás en el sillón y da un trago largo. Analgesia y oxígeno. Mira el nombre del pueblo y la comunidad autónoma. A continuación se levanta, va hacia la entrada y busca su teléfono. Teclea muy despacio, no quiere equivocarse con lo que escribe.

Un pueblo en la carretera
20 de febrero de 2019

Seis piernas caminan por la acera.

Lo hacen después de haber abandonado un aparcamiento de tierra.

De las seis piernas una de ellas se levanta menos y tarda más tiempo en volver al suelo que el resto.

Seis brazos se mueven despacio acercándose a una puerta metálica frente a la que esperan otras dos personas.

De esos seis brazos dos manos van entrelazadas.

Tres personas, seis piernas, seis brazos y dos manos que se mantienen en silencio esperando durante más de media hora hasta que llega su turno para entrar en el interior de lo que parece una tienda.

Una mujer sentada tras una mesa y con una pantalla de ordenador que ilumina su rostro. En sus gafas se pueden ver, muy pequeñas, las letras reflejadas del monitor. Las manos se pliegan como arañas sobre el teclado.

Detrás de ella varias baldas repletas de productos con nombres que recuerdan a plantas. Algunos de los productos destacan en grande la palabra natural.

En la cristalera que da a la calle han pegado una lámina translúcida que deja pasar la luz, pero impide que desde fuera se pueda ver lo que hay dentro.

La voz de una de las seis personas pregunta cuándo podrán pasar y la señora de las gafas con el ordenador delante indica que deben pasar en cuanto se abra la puerta.

La puerta se abre y los tres cuerpos pasan al interior para encontrarse frente a una gran mesa de madera tras la cual un hombre les recibe con las manos abiertas y una sonrisa. Va vestido con una bata blanca y a su alrededor no hay pared que no esté cubierta con lo que parecen diplomas.

Una enorme ventana deja pasar la luz del mediodía y eso les impide ver con claridad todas las aristas del rostro que les sonríe.

Los tres cuerpos se sientan y la pierna que se mueve más despacio emite un dolor que atraviesa como una carga eléctrica a su propietario. Pero el propietario no se queja y no hace ningún gesto. Es experto en seguir disimulando.

Las dos manos se mantienen entrelazadas y la misma

voz que antes preguntó si podían pasar ahora empieza a explicar por qué están allí. Les han hablado de un lugar donde parece que se esconden las buenas noticias y las mejores promesas. No había mapa más interesante que seguir.

El hombre al otro lado de la mesa se levanta y se acerca a la pierna que duele. La observa un instante y sin llegar a tocarla pone las manos encima desplegadas y abiertas como un abanico. Cierra los ojos y murmura unas palabras que ninguno de los que está ahí dentro entiende. Después se acerca a la propietaria de una de esas manos que antes estaba entrelazada. Hace varias preguntas y adivina varias de las respuestas. Todo ello hace que en el despacho se mezclen sorpresa y esperanza.

El hombre regresa a su lugar detrás de la mesa sabiéndose propietario de algo muy poderoso. Saborea la incertidumbre que hay en ellos y se sabe capaz de utilizarla.

Separa los labios para explicar a qué se dedica y qué es lo que le ha llevado a estar allí. En un pequeño pueblo, casi oculto y lejos de los grandes ruidos donde la verdad se manipula. Como un prestidigitador señala las paredes, llenas de papeles que le otorgan la validez que otros no dudan en retirarle o ignorar.

La voz, un siseo, se hace dueña y baila entre los tres cuerpos, las seis piernas, los seis brazos, las dos manos entrelazadas y alcanza el dolor en uno de ellos, que escucha con los ojos abiertos mientras siente que quizá han encontrado la forma de hacer que se calle la enfermedad para siempre. El hombre explica teorías y enumera los errores que han cometido las diversas personas, ignorantes y encorsetadas, que han tratado esa pierna que duele y ese cuerpo que sufre ignorando que la causa está en lo que no se ve. Saborea los argumentos y se regodea en la esperanza que se abre ante él. Sabe que ha hecho presa y no va a dejarla escapar.

Los propietarios de las manos entrelazadas se miran a los ojos un momento para dejar escapar una sonrisa en la que se dicen que irá bien. Que ya nada será igual.

Y el hombre tras la mesa sonríe y cada vez más alto comienza a explicar qué es lo que van a hacer y los resultados que deben esperar. Les promete un cambio advirtiéndoles de que el precio más caro será el de seguir sus consejos. Les dirán que no lo hagan. Con un pequeño golpe sobre la mesa pone fin a su discurso y comienza a escribir en un papel los tratamientos que van a necesitar. Les indica que deben enseñarle la receta a la señora que tienen fuera. Ella les proporcionará lo que necesitan.

Los tres cuerpos se levantan y la puerta se abre, como si algo o alguien hubiera pulsado un botón, para que salgan y dejen paso al siguiente. Un cuerpo mayor acompañado por otro más joven. El hombre tras la mesa se humedece los labios, preparado para la siguiente captura.

Los tres cuerpos abandonan el despacho. La mujer lee la hoja que le entregan y comienza a disponer sobre la mesa los productos que han sido recomendados en el interior. Después hace una suma y pulsa varios botones en el teclado hasta que a su espalda empieza a sonar una impresora que drena una hoja llena de letras con un número final en color negro y destacado.

La mujer sonríe tras las gafas mientras recibe el dinero de una de las manos. El pago solo se puede hacer en metálico. Después, tras una despedida corta y sincera, las seis piernas se dan la vuelta y abandonan el establecimiento. En la puerta esperan desconocidos que intentan adivinar lo que ocurre al otro lado del escaparate translúcido.

Las seis piernas caminan despacio de nuevo hacia el aparcamiento de tierra. Esta vez la pierna que se levanta distinto y cae diferente parece doler menos. Quizá incluso se dobla con más facilidad.

Se sientan en el vehículo y suena el motor. La voz que surge del cuerpo del conductor se escucha muy baja, apenas se entiende que ha deseado que todo vaya de verdad bien. Desde el asiento del copiloto uno de los brazos se dirige hacia atrás lanzando la mano para terminar encontrándose con la mano del que habita el asiento trasero. Los ojos de este pasajero miran por la ventana y observan cómo se van las calles de ese pueblo al que han ido recomendados por alguien que los quiere mucho y que no entiende por qué hay tanto dolor al otro lado de la puerta de su casa.

El pueblo se va diluyendo a través de la ventana. Una

calle estrecha, una iglesia, una avenida larga y casas que se van separando hasta desaparecer a unos metros del arcén. Y aparece la señal con el nombre tachado del lugar al que han ido buscando esperanza. El propietario de la pierna lee el cartel y entiende que quizá todo es mentira. Recupera sus cascos, enciende la música y cierra los ojos. En caso de que haber sido engañado se hace la promesa de volver.

Tarifa
23 de agosto de 2019

Las ruedas giran, pero esta vez el asfalto esconde una arena distinta que el viento ha ido arrastrando desde lo que tienen delante y en todas direcciones.

La playa y el mar.

Al fondo pueden ver tanto el lugar al que se dirigen como el agua salada haciendo azul. La carretera tiene curvas suaves y en el cielo se muestran cometas que giran en la distancia. Acercándose y alejándose unas de otras como bailando. Diego siente el calor del sol sobre sus brazos extendidos hacia el volante y Luis entorna los ojos dejándose acariciar. De su nariz surge el plástico que le conecta a la segunda bombona de oxígeno, ya se les ha gastado una de ellas. Tener tan cerca el destino acelera discretamente su latido y hace que respire más deprisa. Está nervioso y cada vez más cerca de dar sentido a las últimas horas.

Conforme se aproximan a las primeras casas comienzan a ver el vehículo rodeado de gente que viste de verano. Como si estuvieran en un decorado de película en el que los figurantes van o vienen del agua. Piel morena, toallas, sombrillas y tipos de pelo largo y sonrisa blanca que cargan sobre la cabeza enormes tablas de surf. Se llena la órbita de su coche de personas que no tienen problemas. Que están allí para disfrutar o bien de un descanso o bien de la distancia. Ven tiendas con el mostrador en la calle. Frutas, verduras y un tipo con la piel como el cuero sin dientes que no para de sacar pescados que brillan como plata. Y grita «¡¡¡Compren, compren!!!» mientras sonríe a la gente que le ignora hasta que alguien se detiene y pregunta el precio. Pasan por delante de restaurantes con mesas de mantel de papel y camareros de barriga grande y esférica. Dejan atrás un par de parques donde los niños corren en chanclas y pantalón corto, tirándose por toboganes viejos y oxidados por el salitre. También ven un par de señoras sentadas en un banco, con trajes de hilo abotonados por delante y sonriendo mientras extienden la mano hacia un perro que juguetea con una pelota de tenis ya negra de tanto rodar. Avanzan por la calle, despacio, envueltos por desconocidos que van de un lado a otro, que se saludan y se abrazan.

Ven a una niña de unos seis años que llora mientras la madre tira de su mano y a un padre que lleva sobre los hombros a un crío que mira en la distancia el vuelo de las cometas. Pasan cerca dos motos a toda velocidad, parecen disputar una carrera por llegar antes a no se sabe dónde. Diego baja la ventanilla y Luis le imita, creándose en el interior del coche una corriente de aire que huele distinto y que les empapa. Buscan en los carteles una señal que les indique dónde queda el centro de la ciudad y van hacia allí como si un hilo invisible tirara de ellos. Cada respiración de Luis como una ola y cada giro de volante un cambio de rumbo. Y más gente, más sonrisas y más verano colmándolo todo. Alcanzan finalmente el ayuntamiento y Diego detiene el coche delante, encima de una plaza de color azul. Después se gira hacia Luis. Está tranquilo y sonriente. La mano derecha sobre la rodilla, en constante movimiento.

—Ya estamos, ¿y ahora qué?

Madrid
18 de enero de 2019

La puerta se abre despacio y entra en la habitación extrañamente tranquilo.

Observa los objetos que le han acompañado a lo largo de su vida, le devuelven un sentimiento de propiedad que le extraña y tranquiliza. Son parte de lo que es y serán su forma de permanecer. Los objetos son el punto y seguido para la memoria de los que se quedan. En las estanterías los libros y las películas. Las frases y los discursos de otros subrayados. Muñecos y dioramas distribuidos de forma anárquica, habitantes de la imaginación. Todos parecen devolverle la mirada sabiendo que aquello es una despedida. Se sienta sobre la cama. Le da igual el dolor y esa sensación opresiva que tiene en la espalda. Piensa que no existen, que están fuera. Invitados molestos que por un momento quiere dejar al otro lado de la puerta. Mira su reloj y los segundos pasan más lentos que nunca. El tiempo conspira con él para hacerse viscoso y permitirle un viaje por el interior de su habitación. Percibe calma, la sensación de estar controlándolo todo por primera vez desde hace muchísimo tiempo. Entiende perfectamente lo que ocurre y eso le permite una mirada lúcida y vacía. La certeza atraviesa su mente como una luz poderosa mientras repasa una a una las fotografías que están pegadas delante. Se detiene y observa la puerta. El pomo atrapa sus ojos y ve cómo brilla. Lo que hay detrás es lo que duele, mientras que ahí dentro nada le ocurre, puede ser él y siempre será él. Está seguro entre sus cosas. Y piensa en su madre y, aunque no puede verla, entiende que estará al otro lado. Ahí, quieta y en silencio. Siempre ahí, quieta y en silencio.

Se tumba sobre la cama y observa el techo. Es blanco y sin manchas, vacío, una frontera para lo que no alcanzará a mirar. Por encima sus vecinos y un espacio gigantesco. La nada más grande. Percibe un hormigueo en el estómago, el vértigo del que está quieto y tumbado. Cierra los ojos y se recuerda de más pequeño, se piensa de niño y se ríe mientras cae en la adolescencia. Y ahí se detiene porque saben que no puede ver más lejos, como un puente que se cae y no le permite llegar al otro lado. Da un puñetazo en la cama e intenta llorar, pero no puede, no sabe. Se incorpora en y siente un pellizco. Después se mira las manos y las ve sanas. No le duelen. Las manos son la única parte de su cuerpo que parece libre de la enfermedad. Las cierra y las abre, ahí está ahora lo que fue. En sus manos, nada más.

El escritorio a su derecha aún tiene sus libros, deberes del instituto y el estuche con sus bolígrafos. La silla pegada a la madera, dándole la espalda, no la quiere tocar. Y regresa sus ojos a las puertas del armario que queda delante, para buscarse de nuevo en las fotografías. Por primera vez se le hace más grande el espacio sin imágenes, como si hubiera aumentado en los últimos minutos para dejar en evidencia que aún queda mucho por completar.

Se pone de pie para aproximarse a los retratos. Extiende los dedos y acaricia una a una las imágenes, el orden cronológico de su vida le queda delante, despacio y claro. Se ve y se busca. Cada sensación es un recuerdo que se convierte en sonrisa, hormigueo o pena. También hay arrepentimiento e incluso envidia. Se tiene envidia por lo que pudo hacer y ya no puede. Ya no podrá. Y así hace travesía hasta llegar a la última imagen en la que muchos rostros sonríen y miran a cámara. Multitud de ojos mirando a los suyos y un solo rostro que no mira hacia delante porque tiene algo mucho más importante que ver. Luis se ve mirando hacia un lado. Se descubre observando a Eva y siente que está bien. Con cuidado retira lentamente el celo con el que ha pegado la fotografía a la madera, y la coge para verla más de cerca. No siente pena. Se alegra de lo hecho, y al mirarse entiende que se ha capturado el instante en que la felicidad deja su firma. A partir de ahí todo a peor, y de ahí hacia atrás una vida en tan solo unos días. No se arrepiente porque ha merecido la pena. Dice en voz baja la dirección y el número de teléfono de Eva y le da la vuelta a la imagen para comprobar que no hay error en lo que recuerda. A continuación, con el mismo cuidado que antes, extiende el celo de cada una de las esquinas y vuelve a poner en el armario la fotografía. La deja junto al resto, donde debe quedar.

Se gira y coge la mochila que está en el suelo. Revisa su contenido. Se asegura de llevar el cargador para los teléfonos y se pasea una vez más por la estantería. Ahí está él para siempre, en sus cosas. Se pone la mochila en la espalda y abre la puerta de la habitación. Su madre espera al final del pasillo, junto a la puerta. Luis avanza cojeando, sin dejar de mirarla, y cuando llega a ella la abraza y le da un beso. Fernando está en la puerta de casa, en la calle, con el motor encendido y esperando para el viaje. María sale al descansillo y espera a Luis, que antes de salir mira por última vez hacia atrás. Y ve las sombras y las luces que caben en su hogar, sabiduría plena por lo que viene al entender que no hay palabras suficientes para describir lo que deja. María cierra la puerta y se quedan callados mientras esperan el ascensor. Abandonan el portal con paso lento y ven las luces parpadeantes del coche de Fernando, que se apea, levanta la mochila de su hijo y la deja en el asiento trasero. Después le ayuda a sentarse y cierra la puerta. Intenta ignorar la mirada de los vecinos que entienden que aquel viaje es un volver a empezar. Mientras Fernando se pone el cinturón, Luis busca los cascos y comienza a llenar sus tímpanos de música. Al mismo tiempo, y producto de la ligera corriente de aire que llega a través de la puerta abierta de la habitación, el celo de una de las fotografías se despega lentamente. Y la fotografía queda colgando, mostrando la tinta roja de una letra que no es de esa casa, justo en el instante en que el coche se mueve e inicia su marcha hacia el hospital.

Campamento, un lugar en el sur
17 de junio de 2018, de madrugada

Es de noche y a través de la ventana se escuchan los grillos. Luis no puede dormir, está nervioso, y ha decidido salir a tomar el aire hasta que le llegue el sueño. Tampoco le preocupa no dormir mucho, mañana tienen un viaje largo y los cristales de la ventana del autobús no son la peor almohada que ha tenido.

Baja las escaleras de la casa de madera y en cuanto toca la tierra con los pies descalzos escucha cómo se abre la puerta detrás de él.

—¿Adónde vas?

—A ningún sitio, no te preocupes, que no me escapo.

—¿Te encuentras mal?

—No —dice Luis mientras se gira—. Mira que sois los médicos... siempre pensando que todo se puede tratar.

—Tampoco te pases.

—Es que no puedo dormir, será por el viaje.

—Será.

—Y tú, ¿qué tal estás?

—¿Yo? Bien, gracias. ¿Por qué me lo preguntas?

—No te veía con muchas ganas de venir cuando estábamos en el hospital. Dicen que Pedro te animó a hacerlo. Espero que te haya merecido la pena, nos hemos portado bien.

Diego se pone junto a Luis y le empuja un poco con el hombro.

—Mira que eres vacililla. Lo que está claro es que si aquí alguno se lo ha pasado estupendamente eres tú, ¿verdad?

Luis no puede evitar reírse con las palabras de Diego. Después le mira y asiente con la cabeza antes de seguir hablando.

—Sí, la verdad, y puede que sea por eso que no me pueda dormir. Si me duermo estoy empezando a irme, y no quiero.

—Ya estás con tus frases profundas —le dice Diego—. ¿Y cómo te puedo ayudar?

El cielo es negro con pequeñas luces blancas haciéndose bombilla sobre ellos. No hay apenas nubes, y si ponen atención, hasta se puede escuchar la brisa del mar que les llega a través de los árboles que forman el pequeño bosque que les rodea. Diego y Luis son dos siluetas oscuras que ahora callan. Luis no se esperaba esa pregunta de Diego, y la respuesta que ha pasado por su mente le sorprende incluso a él. Porque le sitúa en un futuro que le agrada y le sonríe y que quizá por eso no se atreve a verbalizar.

—Tal vez hoy no puedas, pero más adelante sí.

—¿Cómo? —pregunta Diego inquieto.

—Te voy a pedir un favor.

—Que no sea muy difícil, que solo soy residente.

—No lo será.

—¿Tú tienes carnet de conducir?

—Claro.

—¿Y coche?

—Sí, uno que me regaló mi padre. Verde, con techo solar que se abre, para sacar la mano por ahí si te apetece. Además, consume poca gasolina.

—Pues si quieres que me vaya a la cama me tienes que prometer que cuando me cure me llevarás de viaje.

—Joder.

—No es tan difícil.

—¿Adónde?

—No lo sé.

—Sí lo sabes.

—Puede, pero aún no tengo la dirección. La cuestión es

que me prometas que me ayudarás a viajar cuando te lo pida y, sobre todo, cuando crea que toca.

—Me das un poco de miedo.

—¿Trato hecho? —Luis abre la mano derecha buscando que Diego le corresponda.

—Bueno, tendremos que verlo, porque a lo mejor no me viene bien, pero de acuerdo.

Los dos se dan la mano y Luis le hace una pequeña reverencia para mostrar su gratitud. Después le guiña un ojo a Diego y regresa a la cabaña. Se deja caer en la cama mirando al techo y no tarda en quedarse dormido. Fuera, Diego curiosea en las estrellas, intentando recordar el nombre de varias constelaciones. Aún siente en la palma de la mano el compromiso que ha adquirido con Luis. Un trato que es más que probable que se les olvide. Cierra los ojos e inspira profundamente el aire limpio que tiene alrededor. Se lleva recuerdos y una promesa. Tampoco ha estado tan mal eso de pasar unos días trabajando de monitor.

Tarifa
23 de agosto de 2019

Fernando y María alcanzan el pueblo en la playa. Al entrar en él se cogen de la mano. María mantiene el teléfono en su regazo. Desde que recibieron el mensaje de texto en el que les confirmaron el destino han sentido que la carretera no tenía curvas. Una línea recta hacia su hijo, estuviera donde estuviera. Porque saben hacia dónde se dirigía. Miran el reloj en el salpicadero del coche y después miran al cielo que tiene al sol ascendiendo y ha hecho que las calles estén vacías y solo haya gente en las terrazas, a la sombra, o sobre la arena esperando a que caiga sobre ellos la próxima ola. Se detienen en un semáforo e ignoran los gritos de «¡¡¡Compren, compren!!!» de un anciano de piel cuarteada y sin dientes. El olor a agua salada los acompaña. Fernando gira con el coche a la derecha y dice algo.

—Voy a parar a preguntar.

—¿A preguntar qué?

—Si le han visto.

—¿Y cómo van a saber quién es?

—No creo yo que haya muchos chavales como el nuestro paseando hoy por la calle.

Fernando deja el coche pegado a la acera y enciende los intermitentes. Se dirige a un quiosco que se despliega con pétalos de metal hacia la calle. Las repisas llenas de revistas, juguetes y libros. Carteles de cartón escritos a mano donde indican que hay agua fría, refrescos y helados. También comida de microondas para llevar.

—Deme un par de botellas de agua fría.

—Ahí voy —dice el hombre, con barba de varios días y una gorra blanca que tiene la visera doblada y casi negra—. Mire, esta es de por aquí al lado, más buena imposible, majo. Son dos euros.

—Muy bien —Fernando busca en la cartera y extiende la mano hacia el hombre. Cuando coge las dos botellas por el cuello habla de nuevo—: ¿Le puedo hacer una pregunta?

—Mientras no sea sobre mi declaración de la renta no hay problema.

Fernando sonríe.

—Mire, estamos buscando a un chaval sin pelo que

cojea un poco al andar. Va acompañado por otro chico, de unos veintitantos. Han debido de estar por aquí no hace mucho.

—A ver —el hombre arruga el gesto y se lleva la palma de la mano derecha a la boca—. Aquí delante del ayuntamiento tengo muy buena vista de todo. El pueblo es como un sumidero y todo el mundo acaba cayendo aquí por el desagüe.

—Ya —Fernando coge la cartera y busca una fotografía de su hijo. Al abrirla descubre que la que tiene es de antes de la enfermedad. Le duele haber congelado en el tiempo ese recuerdo—. Mire, es este, pero sin pelo, ¿le ha visto?

Fernando no tenía esperanza de encontrar a su hijo al final de ese viaje. Se dejó llevar por su mujer y la corazonada que ella tuvo al ver la fotografía en el cuarto de Luis. No se podían permitir perder a su hijo dos veces. Ahora está allí, delante de un desconocido. En los segundos que emplea en hacer memoria, Fernando entiende que el miedo tiene muchas formas distintas. De repente se llena de recuerdos. El parto, la llegada a casa, y lo que cambia la vida ser uno en otro. Rememora los primeros días de colegio, los primeros días de entrenamiento, las primeras dudas y los primeros exámenes suspendidos a pesar de muchos esfuerzos. Añade lentamente las frustraciones que su hijo le ha ido contando. Hace una lista de todo lo que ha ido mal, de todo lo que no ha tenido y de todo lo que va a echar en falta. Está frente al mostrador del quiosco, recuperando una película que le duele y le reconcilia. Se gira para mirar a su mujer y la descubre buscando entre la gente. Persiguiendo con la mirada a un grupo de jóvenes que se dirigen hacia la playa como una marea. El hombre del quiosco piensa y estudia a Fernando, entiende que es un padre que está buscando a su hijo, y que su forma de preguntar por él es un pedir ayuda distinto. Cierra los ojos y hace memoria hasta que algo se ilumina dentro de él y sonríe. Antes de hablar toma un poco de aire y piensa que quizá lo que diga tiene más importancia que todas las palabras que ha dicho durante cada uno de los días que le han llevado a ese momento.

—Pues sí que le he visto, señor, ha estado aquí mismo con un coche verde, hace un par de horas.

Fernando regresa al coche sonriente. En cuanto pone las manos en el volante su mujer le enseña otra vez el móvil. María sonríe por última vez.

Tarifa
23 de agosto de 2019

Diego observa a Luis. Mira su nariz afilada y su piel blanquecina. No le gusta lo que ve. Luis está observando la calle. Busca al otro lado del cristal, con una sensación de irrealidad producto de saber que ha llegado extrañamente a destino. Sabe que está cerca y eso le tranquiliza. Repite mentalmente la dirección de Eva. Aún no se atreve a decir nada en voz alta, se lo guarda. Y percibe cómo Diego se mueve incómodo junto a él. Este termina por bajarse del coche para comprobar cuánto oxígeno queda en las bombonas. Después vuelve a sentarse. En el interior del vehículo hay silencio. Sin música, solo con la respiración de los dos compitiendo. La fachada del ayuntamiento, blanca, da a una pequeña plaza cuadrada con una fuente en forma de estrella en el centro. La gente cruza de un lado a otro mientras un par de niños juegan a lanzar hojas al agua. El coche, bajo la sombra, les hace de pausa en aquel lugar, pero Diego sabe que esa pausa, aunque puede que sea justa, debe romperse. No han ido hasta allí para diluirse en silencio mientras esperan.

—Luis, tenemos que pensar qué vamos a hacer, hay que decidir hacia dónde vamos. Si tienes alguna idea creo que es el momento de compartirla.

Luis se gira despacio y observa a su compañero. Sabe que lleva razón y sabe que ha llegado el momento de dar un paso. Y tiene vértigo. De todos los miedos que ahora se acumulan en su cabeza, el miedo a llegar es el mayor de ellos. Por un instante olvida su enfermedad y ese dolor pertinaz que se clava y crece en una de sus rodillas. Tantas horas de viaje se mezclan en su cabeza hasta hacer que no recuerde apenas cómo empezó todo.

—Lo sé, lo sé —dice Luis con dificultad—. Tengo el nombre de la calle, la dirección, solo debemos ir hasta allí.

—Perfecto.

Y aunque ha dicho que perfecto, Diego no para de pensar que quizá ella no esté allí. Puede que hayan hecho el viaje para nada y que todo el esfuerzo sea en vano. Puede que haya comprometido su carrera profesional por el deseo de alguien, y que ese alguien sea incapaz de verlo cumplido. ¿Es eso importante? Luis comienza a decir en voz alta el nombre de una calle y Diego le escucha. Repite varias veces la dirección hasta que Diego es capaz de memorizarla. El teléfono no tiene suficiente batería para buscarla usando el navegador. Tal como le dijo al principio, Luis sería el único navegador posible. Una vez los dos están seguros de que no hay error posible, Diego sale del coche y entra en el ayuntamiento. Luis mira la pantalla de su teléfono y escribe un par de frases. Pero al instante ve cómo se apaga porque se ha quedado sin batería.

En el interior del pequeño edificio Diego no tarda en encontrar un mostrador tras el cual un funcionario le explica amablemente dónde se encuentra el lugar que está buscando. El pueblo es pequeño, de modo que tomando como referencia el mar y el océano será difícil perderse. Tan solo deben avanzar dejando siempre a su izquierda el azul para luego callejear un poco hasta llegar cerca del estadio de futbol. Diego sale del ayuntamiento más tranquilo, no hay forma de perderse. Se sienta junto a Luis y le explica que no tardarán mucho en llegar.

—Eso está bien —responde.

El coche se despega de la sombra para atravesar las calles. Llevan las dos ventanillas abiertas y Diego aprovecha un semáforo para abrir el techo solar. El olor a agua salada, las voces de la gente en la calle y la brisa se introducen en el coche, acompañándolos. Luis observa en silencio. Diego sabe que ese mutismo obedece a un motivo que va más allá del hecho de no querer hablar. Probablemente cada palabra ya sea una maratón para Luis, y prefiere no decir nada, minimizar esfuerzos. Luis extiende los brazos y saca las manos por el techo solar, dejando que las atraviese el aire que desplaza el coche al moverse. Como dándose la mano con el viento.

Así van dejando atrás los edificios apretados unos contra otros, la parte más antigua, para adentrarse en calles diseñadas con escuadra, cartabón y transportador de ángulos. Viviendas unifamiliares que se enfrentan a la playa, flanqueadas por avenidas más amplias. La vista se despeja paulatinamente, dejando más espacio a las aceras vacías. Ahora es más sencillo divisar el agua. Delante, a unos cientos de metros, pueden ver los primeros carteles que anuncian el estadio. Es entonces cuando Diego disminuye la velocidad para poder leer más fácilmente el nombre de las calles. Y así, tras dejar atrás una serie de placas con letras blancas, de pronto ambos sienten un pinchazo en el estómago. Diego detiene el coche bruscamente y escuchan el pitido del vehículo que tenían detrás, y que finalmente los adelanta casi rozándolos. Sigue, avanzando unos metros más y aparca.

—Hemos llegado —dice Luis.

Madrid
18 de enero de 2019

Primero sintió un pinchazo.

Como un punto afilado unos centímetros por encima de la rodilla.

Después un pellizco que, con los días, muy pocos, se convirtió en un bocado. Este, a su vez, se trasformó en una mano que se fue cerrando lentamente sobre el hueso y la carne.

Pinchazo, pellizco, bocado y mano.

Llegaron uno a uno y de noche para ir capturando paulatinamente el resto de las horas del día. Y el día pasó a estar ocupado por entero en descubrir posturas que mitigaran el dolor.

O al menos que nadie se diera cuenta de ello.

Porque al principio el dolor se rechaza, sobre todo cuando sabes quién es y de dónde viene. Cuando reconoces su origen y está ahí de nuevo. Porque vuelven los fantasmas. Se intenta argumentar sobre su inexistencia. Quizá no exista realmente, ni haya existido jamás, quizá no esté y solo sea producto de una mente que se ofusca en no querer seguir adelante. El miedo a que todo vuelva a ser como era. Pero el dolor es la gota que lo colma y lo captura todo, inexorable y sin excusas. Termina por lograr que no haya forma de ocultarlo, se apodera del resto del cuerpo. Habita incluso en tus ojos y te obliga a bajar la mirada cuando hablas con aquellos que te conocen demasiado bien.

Porque esa mano que se cerraba sobre la rodilla se duplica para terminar abrazando por completo la articulación. Y no hay nada más salvo eso. Incapaz de ver más allá y convirtiendo las horas en una suma incontenible de la certeza que más temes. Mintiéndote de mil maneras distintas para buscar un motivo distinto que explique que ocurre.

El dolor como señal irrevocable de su regreso.

Rígido al levantarse por las mañanas para dirigirse muy rápido hasta el armario donde se guardan las pastillas. Sin que le vean para evitar las preguntas, evitando a su madre, que sabe que algo está cambiando paulatinamente. Pero ella tampoco quiere hablarlo, no quiere verbalizar lo que siente que ocurre, porque hacerlo es permitir que pase a ser realidad.

Y solo son seis días desde el pinchazo hasta lo incontenible.

Seis días que son la eternidad que borra cuanto hay alrededor.

El tiempo, ladino, hace que ya sea prácticamente imposible caminar, y termina provocando que los tres, padre, madre e hijo, se encuentren en el salón de casa con la televisión encendida e incapaces de alzar la mirada. Porque saben que hay un dolor distinto para cada uno, que se une para fabricar el de los tres.

Ha vuelto.

Y hay lágrimas que terminan por empapar los labios y hacer que aquello sepa a sal otra vez. Apagan la televisión y el padre ayuda al hijo a llegar a su cuarto. Le acerca un vaso de agua y una pastilla que cae bajo la lengua. No se dicen nada mientras observan la mochila junto a la mesa, vacía y quieta. Bolsa de viaje que vuelve a tener sentido.

Los tres se van a la cama sabiendo que al despertar el amanecer será distinto. Pocas cosas más oscuras que un nuevo día que no apetece; el sol como mentira.

Y regresan.

El padre ha esperado en la calle mientras madre e hijo terminaban de ajustar cuentas con sus recuerdos. Los tres en el coche rodeados por gente que no percibe el valor que hay en la repetición de los días. Y les duele ver a padres que llevan a sus hijos al colegio. Es perverso sentir envidia por la normalidad de los demás. El viaje transcurre más rápido de lo que desean, se les hace corto y los tres se sorprenden al ver que ya están delante de la fachada del hospital.

Entran en el interior del complejo y lo primero que les captura es el olor. Ese olor que no se olvida. Olor a limpio, terrible para ellos. Ven las batas blancas y reconocen a un par de celadores. Al fondo el cartel de la cafetería y más allá el ascensor que los va a llevar allí donde no quieren estar. Caminan en busca de posibilidades remotas. En unos metros repasan sin decirse nada los esfuerzos hechos. Ahora saben que lo que antes era difícil se va a convertir en imposible, un imposible grande, gigantesco, un muro. Aun así, llegan al ascensor y andan los metros necesarios hasta caer detrás del mostrador. Les reconocen y entienden lo que ocurre, les abrazan y les hacen sitio dentro para que se sienten mientras van a buscar a Pedro.

Pinchazo, pellizco, bocado y mano.

Los tres guardan silencio, y uno a uno, jugando a que los encuentros son casuales, ven cómo van llegando enfermeras, auxiliares y residentes a saludarles. No dicen mucho, algunos solo ponen una mano en su hombro, otros sonríen y una minoría más cercana les abraza unos instantes. Un médico joven se acerca a Luis y habla con él un momento. Luis le sonríe y se encoge de hombros. Después el médico enfila el pasillo mirando un par de veces atrás, con prisa, hasta desaparecer en las escaleras.

Pedro abre la puerta de su consulta, los tres se levantan y se sientan en unas sillas delante de su mesa. Se cruzan con un niño pequeño y unos padres que lloran. No los conocen y piensan que quizá estén allí para empezar su travesía por el mapa del miedo y la incertidumbre.

Antes de cerrar la puerta ven cómo regresa el médico joven con dos latas de refresco en la mano. Las deja detrás de Pedro, cerca de la pantalla del ordenador, y después se sienta.

Cinco personas en un pequeño espacio.

Pinchazo, pellizco, bocado y mano.

Antes de iniciar la consulta tres de ellas saben que la esperanza ha decidido que no les va a acompañar.

Tarifa
23 de agosto de 2019

—Si quieres me bajo y doy una vuelta —dice Diego.

Luis mira al frente mientras abre la puerta del coche y comienza a girarse. Se sujeta la pierna derecha toma con ambas manos como si fuera una marioneta y pone un pie en el suelo. Diego capta la respuesta y se baja del coche para ayudar a su amigo. Le toma de la mano y con un ligero tirón —procurando no hacerle daño—, le ayuda a incorporarse. En ese instante los dos sienten el sol y el cambio de temperatura. Son exploradores de un verano que no les corresponde. A continuación, Luis da un par de pasos y Diego cierra la puerta, pero sin darse cuenta atrapa el tubo del oxígeno. Luis se lleva la mano a la nariz, se quita las cánulas nasales y las deja colgando. Inspira profundamente.

—¿Me puedes dar un poco de analgesia?

Su compañero de viaje abre el maletero y busca un par de pastillas, se las pasa a Luis y este se las pone debajo de la lengua con cuidado. Cierra la boca y espera unos instantes hasta que la medicación se diluye. Durante el viaje no han usado los viales, Diego había hecho bien en traer todas esas pastillas. Luis comienza a andar muy despacio.

Diego permite que se aleje unos metros de él. Objetivamente es como ver a un extraterrestre caminando por la calle. Lleva puesta una gorra, y sus brazos, pálidos y delgados, oscilan lentamente con cada paso. Apenas levanta los pies del suelo, y el ruido que hace al caminar arrastrando ligeramente las suelas es propio de alguien que se encuentra al borde de la extenuación. La gente a su alrededor se gira al verle pasar, pero Luis no está allí, y mantiene la mirada al frente. Barre con los ojos la calle de un lado a otro. Como en la feria, pero sin la música ni las atracciones. Siente que el corazón le golpea las costillas como si fuera a salírsele del pecho, llamando muy fuerte a esa puerta de hueso. Diego abre el maletero y extrae una especie de carrito. Lo robaron también de la ambulancia y le va a servir para ir detrás con la bombona de oxígeno. No quiere que se repita lo que ocurrió en el pueblo, no quiere más desmayos, y por eso recupera las gafas nasales y les hace un nudo para llevarlas detrás. También va mirando de un lado a otro. Sabe a quién están buscando. Siente ahora más que nunca la sensación de que no va a estar ahí. ¿Qué posibilidades hay de que no se haya ido a ningún sitio? Carga con el oxígeno y con la culpa de no haber hecho lo que debía. Y piensa en su teléfono y en la última vez que lo encendió para escribir un mensaje. Debía de haberla avisado, decirle que iban a su pueblo, a su calle y a su casa. Prepararla para lo que iba a ocurrir porque no era justo que se encontrará aquello sin esperarlo. Quizá no quería estar y no querer estar era una posibilidad justa. Empuja el oxígeno pensando en todo eso. Comienza a sudar y también percibe que su corazón se acelera. La culpa, el esfuerzo y las dudas. No sabe cómo le va a explicar a su madre lo ocurrido. Probablemente aún no sepa nada, no ha dado tiempo, pero cuando lo descubra no se librará de sus comentarios ni del recuerdo de su padre. Lo que hizo por él lo ha desperdiciado por otro. Sigue empujando el oxígeno y se percata de que Luis se ha quedado quieto junto a un paso de cebra. Acelera el paso, cruzándose con una familia que va cargada a la playa y que parece ir hablando del extraño chaval que acaban de ver.

Luis mira la calle que queda al otro lado del paso de cebra. Termina en un paseo de arena que da a un fondo azul. Sobre la arena la gente y sobre la gente cometas. En su rostro siente la brisa y la sal. Al otro lado de la calzada hay un restaurante con gente sentada. Está bastante lleno y el murmullo llega hasta él. Mira a uno y otro lado y cruza despacio. Se detienen un par de vehículos que primero se sorprenden al verle pasar y después se asustan al comprobar cómo Diego va detrás con una bombona de oxígeno.

Los dos quedan en el lado de la calle que da acceso a la playa. Diego permanece quieto en la distancia mientras Luis anda despacio hacia el restaurante. Diego recuerda la hoguera en la que Eva habló de un restaurante cerca de su casa en el que trabajaba todos los veranos. Luis anda despacio y se queda a unos metros de la primera mesa en la terraza. Un par de señoras mayores se ríen mientras una levanta la mano para pedir la cuenta. Cuando se sienten atendidas vuelven a su bebida y a sus carcajadas, hasta que aparece la espalda de una camarera que les acerca un pequeño plato marrón con un papel blanco encima. Después la camarera se gira y regresa al interior del restaurante. Diego entiende en la distancia lo que acaba de suceder y Luis reinicia la marcha.

Despacio.

Hacia ella.

Campamento, un lugar en el sur
16 de junio de 2018

—Lo que te pido es muy complicado. Lo sé, cuando organizamos el viaje a este campamento no imaginaba que iba a pasar algo así. A ver, lo único que quería era salir de allí, escapar. Ahora siento que de alguna manera estar aquí me ha dado una oportunidad. Desde que empecé con la mierda esta no he sido capaz de pensar. Aquí he sido más que un enfermo y me he encontrado contigo. Estoy cansado de leer y oír que hay que afrontar esto con una sonrisa, que así aprendes a perder y no sé qué más mierdas. Que me dejen en paz. Cada uno que lo lleve como quiera. No soy mejor persona, lo que querría es ser otra persona, y tú estos días me has dejado cerca de eso. Gracias a ti he encontrado una excusa para seguir. Por eso quiero buscarte cuando todo esto termine. Encontrarte. Dar un paseo por el sitio ese que está donde se unen océano y mar, como tú dices. Volver a ti, con eso es suficiente.

Eva sonríe y le observa con detenimiento. Los primeros días sentía cierto reparo en acercarse a él. Se reconocía asustada, pero gracias a Luis ha sido capaz de vencer esa forma distinta de miedo. Están sentados bajo los árboles, a suficiente distancia de las casas como para no ser vistos. También están a la máxima distancia que se permiten para que a Luis no se le empiece a notar mucho la cojera. Han ido hasta allí sin cogerse de la mano para unirse en el momento en que lo que tenían encima se hacía bosque. Eva mira a Luis y sonríe. Aprender es tener a gente como él delante. Pero se le llenan de dudas los días y no tiene claro qué responder. Porque su vida allí ha sido un paréntesis y no sabe hacia dónde irá la de cada uno. Ellos han sido uno entre las casas de madera, pero el futuro sabe más de distancia que de compromiso. Le duele pensar así, pero es lo que necesita, lo que se merecen los dos.

—No puedo prometerte nada, Luis.

Las palabras surgen por encima de los dos. Una conversación que no les pertenece en el tiempo. Demasiado jóvenes para contemplar su destino y saber que el de uno de ellos puede tener menos hojas en el calendario. Pero Luis sabe de qué va esto, y prefiere que no le mientan allí donde no participan fármacos. La vida de verdad es en la que más duelen los efectos secundarios. Y por eso responde a las palabras de Eva con silencio y una mirada perdida. Después recupera sus pupilas para dejarlas caer sobre el rostro de la única persona que le importa en ese instante. Está tranquilo.

Eva aún no entiende qué es lo que hizo que se fijara en él. Tampoco es capaz de explicarse por qué no puede prometerle el futuro a Luis, como si ese compromiso no les perteneciera a ninguno de los dos. No ha tenido nunca esa sensación. Podría dejar escapar de su boca una mentira piadosa, pero no se puede permitir algo así. Le acaricia el rostro con su mano derecha mientras se acerca para abrazarlo. Los dos se funden, se esconden el uno en el otro, mientras el tiempo pasa por ellos. Perciben que ese abrazo es distinto a todos los que se han dado hasta ahora. Entre ambos se establece un pacto que surge desde el centro de cada uno. Eva y Luis se separan para mirarse a los ojos, profundo y lejos. Después Eva se pone de pie y ayuda a Luis a incorporarse.

—A veces parezco un abuelo —dice Luis.

Caminan de la mano hasta la frontera de árboles, y cuando la abandonan, en una imagen especular de lo que hicieron en el paseo de ida, se sueltan el uno del otro. Barcos que parecen iniciar una ruta distinta. Los dedos se separan en una caricia y caminan hasta el terreno que queda delante de las cabañas en las que tienen que preparar el equipaje para mañana. Después tienen la cena y una hoguera en la que van a quemar lo que no desean. Cada uno se dirige hacia su dormitorio en direcciones opuestas. Cuando están a unos metros Luis se detiene y habla. Eva se gira al escucharle y regresa sobre sus pasos. Se acerca a él para darle un beso. Es un beso ligero. Se quedan ahí, muy juntos y apretados.

—Eva, te buscaré cuando me cure, no me perdonaría no intentarlo —dice Luis.

Mientras el mundo gira, el tiempo pasa y ellos se quedan llenos de miedo.

Tarifa
23 de agosto de 2019

Eva.

Luis observa inmóvil, apenas respira y el corazón habla en cada latido con sus tímpanos.

Diego espera a unos metros. Deja la bombona de oxígeno en el suelo. Está nervioso, no sabe muy bien qué hacer. Si acercarse a su amigo o quedarse así, lejos. Entiende que su debilidad puede jugar en contra en esta situación. Pero al mismo tiempo no quiere molestar. Quiere que ocurra todo de la forma más natural posible. No desea interferir en ese momento.

Luis no siente su respiración. Está perdido en ella, que entra y sale del restaurante para servir mesas o recoger platos. Con el pelo recogido. Se mueve rápido, distinta, y Luis recuerda los paseos, los desayunos, la hoguera y los secretos. No le duelen las piernas y ha desaparecido la presión en el pecho. Se siente capaz de erguir su cuerpo y eleva sus hombros y la mirada. Luis se recompone despacio, se acerca a lo que fue, inmóvil como una estatua que se ejecuta ante los ojos de los que saben qué y dónde mirar. Sonríe y se percata de que Eva es tal y como la recordaba, pero mejor. Porque ahora se añaden a ella todos los motivos que le han hecho llegar hasta allí. Y comprende que ha merecido la pena cada uno de los dolores y los miedos, cada una de las pequeñas mentiras a Diego en el viaje.

Luis cierra los ojos y piensa en cómo va a caminar hasta Eva. Imagina los pasos y el modo en que intentará disimular la cojera, la palidez, el cansancio y el habla entrecortada. Eva, como si percibiera algo, se detiene al regresar de una mesa y mira hacia los lados. No puede ver a Luis que aún está con los ojos cerrados. Refugio en el que él ya está junto a ella y apoya la mano en su hombro para ver sorpresa en su rostro al girarse. Y ella entenderá que está allí, que él ha cumplido con su palabra y que todo ha terminado. Que su aspecto es el resultado de todo lo que ha pasado a fin de ser un punto de partida para los dos. Y Eva le abraza y le susurra al oído todas las palabras que no supo decirle hace tiempo. Se besan y Luis siente que todo es distinto y poderoso. Un nuevo día inabarcable en el que nada tiene más importancia que ellos.

Pero Luis sigue con los ojos cerrados.

Diego también permanece inmóvil. Se lleva las manos a los bolsillos y encuentra las llaves del coche y el teléfono móvil. No lo ha tocado desde la vez que estuvo a punto enviarle un mensaje a Pedro para decirle dónde estaban. En el pueblo en fiestas tuvo la tentación de hacer que su extraña celebración terminara. Se alegra de no haberlo hecho. Enciende el teléfono, nervioso, y tras poner la clave para la tarjeta aún tarda unos segundos en tener cobertura. Puede ver cómo la pantalla se llena de llamadas perdidas. Después consulta el WhatsApp. Lee los nombres de todos los que han enviado mensajes. Le llama la atención ver el nombre de Pedro entre ellos. Abre el chat con miedo, es probable que esté decepcionado y le haya enviado un texto para confirmárselo. Pero Pedro le da la enhorabuena por su gesto. Entiende lo que ha hecho y le promete echarle una mano con lo que venga ahora. No está enfadado y le explica que le ha parecido una jugada maestra lo de la ambulancia. Ha visto en las noticias que han robado oxígeno. Diego sonríe al recordar que Pedro siempre le ha dejado claro que la confianza es un vaso que se llena con cada evento que surge. Lo que ha hecho él por Luis es un recipiente que rebosa.

Luis abre los ojos y escapa de esa realidad que se había compuesto tras los párpados. Piensa que es el momento, que ha llegado la hora. El dolor y la presión en el pecho regresan de forma paulatina. Sin haber visto a Diego también se lleva la mano a uno de los bolsillos. Coge el teléfono y se reconforta al sentir que ha hecho lo correcto. Dos mensajes enviados. El primero con el nombre del pueblo, el segundo con la dirección en la que se encuentra ahora. Comienza a caminar, despacio. No cojea y sus pasos son amplios. Avanza haciendo que compitan en su cuerpo la certeza de lo que le hace sufrir con lo que aún le parece un motivo. Y sus piernas responden, a pesar de ese bocado siniestro que le cruza como una descarga hasta el pecho. A pesar de lo oído, de las promesas y las noches sin dormir por culpa de un tiempo que se escapa. Luis se acerca a las mesas y Diego anda tras él. Como un guardaespaldas cargado de oxígeno. La gente que pasa junto a Luis ahora no le mira. Consigue pasar desapercibido en su camino hacia ella. Lo ha logrado y es por eso por lo que continúa con pasos ya más cortos, haciendo más esfuerzo por seguir siendo igual que el resto. Con la respiración frágil y el futuro lejos y frío. Pero sigue, y llega hasta la entrada del restaurante, junto a las mesas de metal en la terraza, para quedarse de nuevo quieto. Y mira a Eva a tan solo unos metros.

Siente calor en su estómago.

Paz.

Después gira a su derecha.

Continúa caminando dejándola atrás.

Tarifa
23 de agosto de 2019

Diego no entiende lo que acaba de ocurrir.

Decide acelerar el paso. Cruza por delante del restaurante en el momento en que Eva está dirigiéndose a una mesa con una bandeja llena de bebidas. Ella se detiene, como si algo la hubiera hecho frenar. Cree reconocer al chico que carga una extraña bombona blanca de oxígeno, pero enseguida descarta la idea y continúa con su trabajo. Mira el reloj y resopla al ver que aún le queda mucho para terminar.

Diego comienza a sudar. Ha visto a Luis introducirse en una calle a la izquierda. Al girar se encuentra de frente la playa, la brisa y el olor a sal. El verano. Todo ahí, de golpe, haciéndosele postal ante los ojos. Y la silueta de Luis caminando. Tenerle delante le tranquiliza y enlentece la persecución, cargar con el oxígeno no es cosa fácil e ir más despacio le ayuda.

Luis, a unos metros, se sienta despacio sobre un murete blanco. Es la frontera entre paseo marítimo y arena. Con esfuerzo se quita las zapatillas y los calcetines. Los deja tirados. Después avanza unos metros hasta la arena y siente entre sus dedos el calor al contacto. Entierra discretamente los pies y mira lo que tiene delante.

Diego llega hasta el paseo marítimo, junto al murete, y deja la bombona de oxígeno con suavidad en el suelo. Pone su mano a modo de visera para ver mejor a Luis. Entonces escucha su nombre y no entiende lo que ve.

—¡Diego! ¡Diego!

Dos personas se acercan andando deprisa.

Una mujer y un hombre.

María y Fernando.

Por un momento Diego tiene ganas de huir ¿Cómo es posible? Los padres de Luis se acercan y no tiene tiempo de articular ninguna palabra. Ambos muestran alegría por haberle encontrado y miedo al ver que está solo.

—¿Y mi hijo? —dice Fernando.

Diego mira por un momento las manos de la madre de Luis. En una de ellas lleva lo que parece un papel doblado con letras rojas escritas a mano. En la otra el teléfono móvil. María le mira con angustia. Diego ha estado frente a sus ojos otras veces, conoce esa forma de mirar.

—Diego, Luis tenía esta fotografía en la habitación —habla María—. Nunca me contó lo que pasó en el campamento, hace un año, pero desde que volvió me gustaba mirarla todos los días. Para ver que mi hijo no miraba a cámara porque le importaba más dirigir sus ojos a otra persona. Detrás estaba escrita una dirección. Salimos ayer en cuanto lo descubrí. Tú no cogías el teléfono, te llamaron del hospital. Por suerte Luis nos ha enviado un par de mensajes en las últimas horas. Uno confirmando el pueblo y otro hablándonos de la dirección y de la playa. ¿Dónde está?

Diego entiende que Luis tenía un plan que incluía mentirle. Y está bien. Ese viaje tenía más destinos de los que él creía y no fue capaz de ver. Luis le había engañado para enseñarle lo importante de mirar por la ventanilla. De ver y hacer recuerdos. Hay que aprender a volar haciendo tratos con el vértigo, y pocas cosas dan más vértigo que una vida que termina. No llega a enfadarse, quizá no habría cumplido su promesa si Luis hubiera sido sincero. Su padre le miraba en ese instante desde el espejo retrovisor, asintiendo. Lo que había aprendido mirando el cuentakilómetros marcado era una forma distinta de hacer medicina.

Diego asiente a Fernando y María. A continuación, gira la cabeza hacia la playa y les indica con la mano la silueta recortada por el agua y la arena que ahora es su hijo. María se lleva la mano a la boca y Fernando se abraza a ella. Diego ve cómo ambos caminan hacia la arena mientras él se sienta sobre el murete. Con el oxígeno bajo sus pies. Mira el verano que se abre ante sus ojos repleto de desconocidos que disfrutan de lo que siempre está a punto de desaparecer. Piensa en la felicidad mientras regresa con sus pupilas a Luis. Ha estado bien hacer lo que ha hecho por él.

Tarifa
23 de agosto de 2019

Las manos en la arena.

Enterradas para dejarse llevar.

Y los ojos de Luis mirando al horizonte. Con el sol cayendo despacio hacia la línea recta que hace el mar con el cielo. En los oídos el baile de las olas y sobre la piel de la nuca una ligera brisa que le lleva olor a sal y trae la carcajada de varios desconocidos en la distancia.

Luis sonríe y encoge las piernas.

Le cuesta doblar la rodilla derecha y siente una pequeña presión en el pecho. Cada respiración haciendo baile con el agua que se hace espuma en la orilla. Quizá un diálogo entre algo que se acaba y algo que nunca termina.

Está tranquilo.

Como si el tiempo hubiera hecho un pacto. Ahora es elástico, cada segundo un minuto y cada minuto una hora. No hay prisa cuando el camino te pone tan claro el punto y final.

Estira las piernas, le cuesta otra vez la derecha, pero apenas percibe el dolor gracias a la dosis de fentanilo que aún siente bajo la lengua. Observa el sol y el color rojo, las nubes que ya son pocas. Y sonríe. Lo que le ha costado llegar hasta esa sonrisa. Mira por un momento a los desconocidos que le rodean, borrosos, y piensa en ellos y en la felicidad que es no darse cuenta.

Se deja caer lentamente y pasa de ver el horizonte a tener encima una cúpula inmensa. Descansa su cabeza sin pelo sobre la arena húmeda y permite que esta se entierre un poco en ella. Se sabe en tránsito. Sin ideas en la cabeza, con un ya está que le hace todo más sencillo.

A unos metros Diego le observa. Tiene las manos en los bolsillos y juguetea con las llaves del coche. Está nervioso, con miedo a no haber hecho lo que debía. Está tranquilo, porque sabe que todo lo hecho era necesario, aunque en origen no tuviera sentido. Perder y dejar atrás lo que no aporta es una forma de victoria. También sonríe, en sus ojos el sol es menos importante que ver a su amigo tumbado en la playa. Luis ha tirado en la arena parte de su ropa, como el que se deshace de una piel que no sirve. Alguna vez dijo que a donde iba le daba igual llegar en bañador. Han sido días distintos y difíciles. Pero de la dificultad se aprende y de lo difícil se sale a veces listo para que nada lo sea ya. También ha aprendido a pensar menos y a hacer más. Dejando que lo que sabe tenga menos distancia con lo que ignora. Aprender como ejercicio basado en equivocarse con habilidad.

Entonces aparece ella.

Permanece inmóvil durante unos segundos. Observa a Diego, que baja ligeramente la cabeza, como pidiendo disculpas. Ella sonríe, y con esta ya son tres sonrisas delante de la arena. Pero en ese gesto está el amor más grande poniéndose de vestuario la tristeza. Se quita con cuidado los zapatos, los deja en el suelo y comienza a caminar hacia Luis. Se esmera en no hacer ruido y en no pisar ni tropezarse con ninguna de las prendas que descansan de cualquier manera.

Zapatillas.

Camiseta.

Pantalones.

Calcetines.

Navega aquellos metros lentamente. Si los pies pudieran saborear lo que pisan, ella estaría haciendo de la distancia hasta Luis el último plato. Sabe lo que llegará cuando le encuentre y no quiere trampas que le permitan olvidar aquello. Le está pidiendo a la memoria que se haga dueña de todos los recuerdos, que no se escape ninguno.

Luis se incorpora, lentamente, y queda sentado. Ignora aún que no estará solo. Le cuesta ver el horizonte, tiene un ligero zumbido en los oídos. Escucha su corazón haciendo bailar los tímpanos. Y respira. Se lleva el aire al interior de los pulmones, percibe que lo que hace unos minutos era fácil, ahora es un ejercicio. Y el mar le devuelve las olas y la espuma y él intenta ponerse de pie, despacio, con Diego activándose ahí detrás por si necesitara algo. Luis consigue levantarse, siente que le duele desde lejos la rodilla derecha, y comienza a caminar sin apenas levantar los pies, escribiendo su marcha sobre la arena. Sus pasos dejan una cicatriz que durará muy poco. Cada vez más rojo el cielo y cada vez menos sol que llevarse a la retina.

Respira, da un pequeño paso y viene el mar. Respira y se va. Percibe que ya no puede caminar. Luis cierra los ojos. Oscila imperceptiblemente, como una hoja a punto de caer del árbol, y de algún modo siente que ya está listo.

Es entonces cuando algo toca sus dedos y envuelve una de sus manos.

Abre los ojos, ahí está ella.

Los dos se miran, hablando lágrimas, y Luis entiende
que terminó el viaje.

Ya está en casa.

Su madre.

No necesita más.

Agradecimientos

Después del punto y final llega quizá la parte más compleja de escribir un libro. Es ese lugar en el que el escritor tiene que ser más persona que letras. Así que lo voy a intentar, porque sin duda debo agradecer a mucha gente haber llegado hasta aquí.

Estoy en deuda con los pacientes y sus familias, que con una generosidad que no cabe en ningún sitio, me han permitido acompañarlos y aprender de ellos. Incluyo en esta «generosidad» a mis compañeros de trabajo, que además de aguantarme han formado parte del universo que es cuidar a los demás. La novela es un ajuste de cuentas peculiar con los deseos no cumplidos que vi quedarse atrás en muchos caminos. La novela también es un homenaje a Francisco, Quico. Estés donde estés, debes saber que este libro es también para ti y siento que va contigo.

Quiero dar las gracias a Gonzalo Eltesch, por recibir un mensaje privado en twitter de un señor con barba y no bloquearme directamente por impertinente. Por escucharme y abrirme las puertas a este regalo que me han hecho desde Ediciones B. Él me llevó hasta Carmen Romero y Clara Rasero, mis editoras. Ambas han entendido mis miedos en el momento de afrontar la escritura de la novela. Han confiado en cada una de las dudas que he tenido y me han hecho entender mejor lo que quería narrar. Su apoyo, sinceridad y comprensión han sido una lección que no olvidaré. Se puede reír mucho buscando cómo mejorar lo que uno cree perfecto.

No me olvido de los que antes me han permitido ir poniendo sílabas a la palabra «escritor». Agustín Alfaya, Mariano Zurdo y Susana Noeda me dieron la oportunidad de sentir qué es sonar en otros. No puedo por menos que sentirme en deuda con ellos y sus editoriales. ¿Y qué decir de Carlos Lapeña? Aquellas cervezas al sol en los años prepandemia me hacen sentir hoy su *padawan*. Carlos, tío, aquí estamos, una novela, ¿cómo te quedas?

Quiero terminar hablando de los que tengo más cerca, mi familia. Sin duda ellos se han llevado la peor parte, aquella en la que caben los enfados y las horas con la puerta cerrada en el despacho. Mis hijos son fundamentales para lo que hago y lo que soy. Han modificado mi forma de ver el mundo, además de haberme hecho cambiar muchos pañales. Me han soportado escuchando cientos de canciones en el coche hasta encontrar la que encajaba con la novela. Espero que algún día me perdonen por haberles metido tanta melancolía en los tímpanos.

Ya termino.

Como dije al principio, los agradecimientos puede que sean la parte más problemática del libro, porque se retira la ficción como máscara. Y es aquí cuando quiero destacar a la más importante de todas las personas que tengo a mi lado: Pilar, mi mujer. Porque me aguanta y me sostiene, porque me dice lo que piensa sin ambages, porque me ancla y me ayuda a seguir. Si este libro va de vivir, y si vivir es viajar, no quiero desaprovechar la ocasión de que sepan que soy muy afortunado de tenerla como compañera.

Gracias por leer.

Un abrazo, Alberto.

Madrid, 16 de enero de 2022